RYU NOVELS

日中三日戦争

中村ケイジ

この作品はフィクションであり、
実在の人物・国家・団体とは一切関係ありません。

【目次】

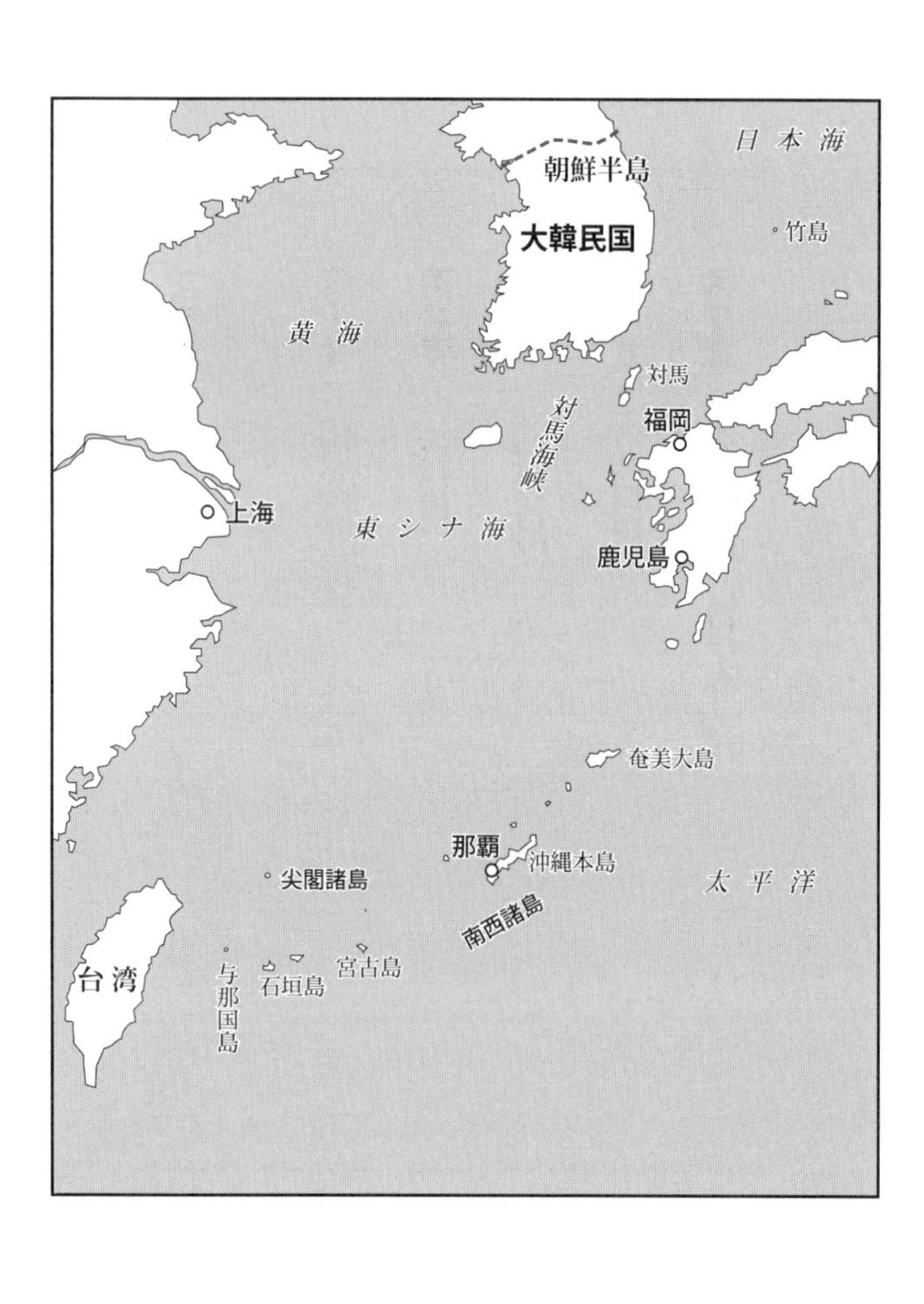
日本海
朝鮮半島
大韓民国
竹島
黄海
対馬
対馬海峡
福岡
上海
東シナ海
鹿児島
奄美大島
那覇
沖縄本島
尖閣諸島
太平洋
南西諸島
宮古島
石垣島
与那国島
台湾

第１章　戦闘前夜

二〇一五年の年末、中国は「第二砲兵」を前身とする火箭軍（フウオヂエン）、すなわちロケット軍を設置した。

同年九月に訪米した中国国家主席の習近平が、南シナ海の人工島を軍事基地にしないことを表明した後のことだった。

中国は通常弾頭の短距離弾道ミサイルや巡航ミサイルを保有し、核弾頭を搭載した大陸間を飛翔する大型の弾道ミサイルの開発にも着手、すでにそれらを手中にしている。

ロケット軍は北京に総司令部を置き、総兵力はおよそ一〇万名にも及ぶ。陸、海、空の三軍にならぶ第四軍の誕生である。

むろん弾道ミサイルの照準先はアメリカ、日本、台湾、韓国、インドその他となる。国家総力戦、第三次世界大戦になれば、ミサイルの雨を敵国に降らせる。

米露は中国に先んじて核弾頭搭載のＩＣＢＭ（大陸間弾道ミサイル）ほか各種の弾道ミサイルを大量に保有するが、ひとたび核戦争が起こればそうした数の問題も意味をなさない。皮肉なことに、米露のそれは核戦争の抑止力として機能しているのだ。

ところが中国のロケット軍は、それとはいささか異なる様相を帯びていた。通常弾頭の短距離弾道ミサイルを数多く保有しており、宇宙ロケットなみの大きさを誇るICBMよりもずっと小型で、車載して移動できる。

そして二〇一九年の初夏、中国は基地化しないといった南シナ海のスプラトリー諸島(南沙諸島)で、短距離弾道ミサイルの発射実験をおこなった。終末誘導が可能で、航行するアメリカの空母を標的にできるミサイルだ。

ホワイトハウスは国内メディアを通じ、この中国の新戦略への布石に対して妥協する意思のないことを示すとともに、国防総省は即座に批判声明を出した。

こうした露骨な軍事プレゼンスとは別に、「一帯一路」をいわば隠れ蓑(みの)とした中国による世界各地の買い漁りは、中東やアフリカにとどまらず、北極圏にまで達していた。

二〇一九年五月、アメリカのポンペオ国務長官は「北極評議会」の席上、北極における中国の軍事拠点化への懸念を表明して、あからさまに中国を批判した。自治領グリーンランドを有するデンマークも、同領での中国による資源開発を警戒するとともに、中国の北極海航路への進出に神経をとがらせていた。

中国が野望の実現に向けて突き進むなか、朝鮮半島は異常な様相を呈していた。

二〇一九年一月、韓国国防省は日本国防衛省に対して「韓国海軍艦艇へ三カイリ(約五・五キロメートル)以内に近づいた軍用機には、火器管制用レーダーを照射し警告する」と通告してきた。

すでに前年の一二月、国際法に則って通常の哨戒飛行をおこなっていた海上自衛隊(海自)P-

1哨戒機に対し、突如、駆逐艦からレーダーを照射しておきながら、まったくもってとぼけた話だが、要は日本側の抗議に対して韓国側も退くに退けなくなったのだ。

彼の国の政官に見られるそうしたトンデモない対応は、かねてより自国民はもとより、日本や世界にもよく知られるところだった。

当初日本側としては、たとえ真実の公表がはばかれるにしても、相手から「いや、あれは誤射だった」「たんに指示を取り違えた過失だった」というひと言があれば、強く問題視するつもりはなかった。

また、韓国側がそのように応じたとしても、韓国大統領が訪日してP‐1の搭乗員に謝罪すべきなどといった、無教養かつ無礼で幼稚にしか映らない要求など、日本側の誰もしなかったに違いない。

韓国はそれまで日本に対して、海自機による哨戒飛行中の韓国海軍艦艇への接近について、特に抗議することも説明を求めることもなかった。

それが突然、日本のEEZ（排他的経済水域）内での韓国海軍の動きについて、なにか知られては困ることがあるかのように「近づくな」という警告を超えて、いきなり「撃ち落とすぞ」と意思表示してきたのだ。

その時、P‐1が眼下に見て記録したものは、韓国の警備救難艦と海軍の駆逐艦がボートを降ろし、北朝鮮の偽装漁船と思しき船に接舷している光景だった。

この状況について韓国国防省は、故障した北朝鮮漁船の救助活動中であったと釈明するに至ったが、専門家が見れば、それには多くの矛盾や疑問があることは明らかだった。

ＦＣＳとも略される火器管制用レーダーは、艦の砲やミサイルを発射する前に目標の捕捉、照準のために使われる。銃をかまえた人間が引き金に指にかけ、「撃つぞ」と言わんばかりにこちらに狙いをつけているさまと変わらない。

いったい現場でなにを見られたくなかったのかわからないが、事前になんのメッセージも無線も送ることなく、友好国であるはずの哨戒機に向けて、いきなり「撃つぞ」と示したのだ。これは威嚇とも性質を異にした、明らかな戦闘行為を意味する。

いくら日頃、平和ボケと自嘲するほどの日本人であっても、これを看過することはできなかった。

おそらく中国同様、海洋国家としての経験にいまだ乏しく、また国際的な海軍の慣例や海事の実例にも接することの少ない韓国海軍部内では、そうした海軍の国際常識に疎いのかもしれないが、まったくもって危険なこと、このうえない。

軍事的威嚇は、一般に認識されているたんなる脅しや嫌がらせとは違い、国際法や交戦規定などによる裏付けが可能な状況下において、きちんとした手順を踏んでおこなわれる必要がある。

なぜなら、基本的に相手に実害を及ぼさないことを前提とする威嚇とはいえ、そこで彼我の認識に誤りが生じれば戦争になりかねないからだ。

そのため軍事的威嚇に際しては、この段階ではまだ実害を与えるようなことはしないが、次は容赦しないという意思を相手に対し、いかに「明確」に示すかが重要となる。

具体的には、まず事前の退去通告やサインを相手に送る。そして、その後の相手の動向を確認して、応じる気配がなければ相手との距離が開いたところに向けて、なおかつ相手が確認できるように射撃を実施する。

したがって韓国駆逐艦の行動について、まだ実際の威嚇射撃には至っていない、実弾は発射していないという弁明など意味をなさない。

照射を受けた側にしてみれば、事前になんの警告もなく、相手から「攻撃する」「撃つ」と宣言されたに等しいのである。残された選択肢は、ただちに回避行動に移り、自分がやられる前に反撃することだけだ。

まさに冷戦時代の米ソであったら、確実に撃ちあいに発展しているケースだろう。

むろんP‐1も回避行動をとったが、その後、韓国艦に対して対艦ミサイルや爆弾を見舞ったわけではない。照射の理由を求める無線を発するにとどめた。

ある意味、専守防衛を叩きこまれた海自の哨戒機ゆえに事なきを得たというべきだが、中国やロシアの機なら重大事を招いていたかもしれない。

いや、海自機であったからこそ、韓国の駆逐艦は相手のそうした自制を確信し、あえて照射したとも考えられる。

敵対行為ともいうべき韓国海軍駆逐艦の行動について日本側が説明を求めると、韓国側は国際的な常識に照らしあわせても奇妙というほかはない釈明を二転三転させた。そのあげく、最後は自国海軍の艦が脅威を感じるような日本の哨戒機による低空飛行こそが問題だと、いわば逆ギレに至ったのである。

学生同士のディベートであっても首をひねりたくなるような不思議な主張を、一度ならず二度三度と繰り返し、一国の政府、役所が公式に他国へ向けて発してきた。

その背景には、北朝鮮の「せどり」行為を韓国が黙認、あるいは手助けしているからではないかとの見方が、日米の専門家筋からあがっていた。

せどりとは「瀬取り」のことで、他国からタンカーや貨物船等で運ばれてきた燃料や物資を、東シナ海や日本海の海上で自国の船に積み替え、秘かに自国へ持ち込む。あるいは、逆に自国の船に売るための品を積んで出港し、やはり海上で他国の船に移すような行為だ。

北朝鮮は長年、自力では経済的苦境を脱することができないにもかかわらず、国費を経済政策以上に軍事へとつぎ込んだ。ついには弾道ミサイルや核兵器の開発、実験までおこなうようになり、二〇〇六年以降、国連安保理による段階的な経済制裁を受けることになる。

特に二〇一六年以降は主要輸出品である石炭、鉄鉱石の禁輸措置が講じられた。そのため、北朝鮮は監視の目をかいくぐるようにして、海上での瀬取りをおこなわざるを得ない状況に置かれていた。

この瀬取りに、日米その他の国とともに目を光らせるべき韓国が、文政権以降はあろうことか、逆に瀬取りの手助けをしているのではないかとの疑いが各国から持たれていた。

二〇一八年の夏にアメリカは韓国に対して、北朝鮮の石炭が韓国に流入しているのではないかとの見方を示し、これを看過することがないようにと釘を刺した。

それでなくとも、瀬取りによって中国やロシアの企業を通じて北朝鮮に密輸入された石油は、二〇一八年の一年間だけでも制裁決議の上限をはるかに超えており、その回数は監視下において確認されただけでも一〇〇回を超えるものだった。

たしかに韓国海軍によっても取り締まりはおこなわれていたものの、一部に取り締まりを装った幇助の可能性も指摘されていたのである。

日本政府は、そうした懸念や疑いを内外に公にするようなことはなかったものの、海自がそれを念頭に置いて韓国海軍艦艇の動向を注視していたであろうと容易に察することができる。

そして韓国海軍の側も、アメリカ海軍やアメリカの沿岸警備隊、海上自衛隊等が自分たちへの疑いの目を向けていることは承知していたに違いない。

韓国海軍にしてみれば、体制は異なるとはいえ同族の北朝鮮に、というよりも北朝鮮で苦境にあえぐ民への幇助に対する日米等の非難は、簡単には受け入れがたいものがあるのはまちがいない。

そもそも朝鮮半島の南北分裂は、冷戦期の東西対決、すなわち米ソの覇権争いに起因している。その意味では、北であれ南であれ、自分たち朝鮮民族は、総じて被害者であるとの意識も彼らの一部にはあった。

さらにさかのぼれば帝国時代の日本が、それまでまがりなりにも一国として存立していた李氏朝鮮を、日韓併合によって崩壊に招いたという、半分逆恨みにも似た「恨（ハン）」も半島には根強く残っている。

戦後の日本には、韓国側は日本を兄弟の国と見ているとのとらえ方もあったが、彼らにとってはトンデモない話で、日本という国は恨の国でしかなかった。

水に流すという精神を持つ日本人には、およそ理解できない思考だが、それは明らかに韓国人というか、朝鮮の民に共通する精神である。アメリカや日本などの他国が、どうこうできるような話でもない。

それよりも日本として、そうした民の国とどう向かいあうべきか。それが二一世紀の日本人には強く問われることになったのである。

戦後の日本に対する韓国人の恨は、異なる二種の態様からなる。一つは日韓併合当時からの反日のそれであり、もう一つは日本との未来に期待しながらも、それを実現できなかったことによるものだ。

そして、後者の人々については、大韓民国成立後も「日帝の手先」「売国奴」のごとく同胞から非難されることになり、その苦しみや嘆き、怒りは非難する者たちに対してよりも、日本へと向けられることになった。

慰安婦や徴用工の問題再燃も、純然たる反日から生じたというよりは、一時でも日本と運命を共同する覚悟をしたことについて報いてほしいという願いと無縁とはいえない。

だが、自国民のそうした思いさえも文政権は、自分たち政府が積極的に解決すべき問題と受けとめることなく、対日政治にたくみに利用したのである。

当然、韓国内にも賢明な人々はいる。こうした文政権の政治手法や歴史認識について、自国民からも疑問や批判が投じられていた。

少数派とはいえ、日本やアメリカ、ヨーロッパの大学に留学し、国際的な歴史認識を身につけた韓国の若者たちは、偏向した自国の歴史教育に批判的だった。しかし、そうしたことを国に戻っておおっぴらに口にすれば、たちまち造反分子のごとくにみられ嫌悪されかねない。

　民主主義、自由主義を標榜しながら、韓国では親日的な言動に至れば、いまだに蔑視される風潮がある。日米よりも社会主義の北朝鮮との友好を重視するという文政権が誕生しても、なんら不思議ではない国情が韓国内にはあった。

　かつての日韓併合については、その当時、大陸国家すなわち中国（清）による冊封（さくほう）体制からこの先も脱することができないくらいなら、大国の清やロシアを単独で打ち破った同じアジアの日本との運命共同体国家を望むという声は、当の大韓（大韓帝国）の人々の中にも少なからずあった。

　いや、イギリスに見る連合国家をアジアにもとの思いを持つ人々は、日本にも大韓にも多数いたのである。

　当時、そうした大韓の人々へのリスペクトを示すべく、時の日本政府がイギリスの正式国名（グレートブリテンおよび北部アイルランド連合王国）のごとく、大日本帝国という国名も変えていたら……。「大日本および大韓連合帝国」（日韓帝国）のごとくに改めていたなら、今日までの歴史も大きく変わっていたかもしれない。

　古くはロシア帝国の、その後は社会主義国であるソビエト連邦の南下を日本が封じるには、朝鮮半島の安定化が不可欠であった。

　したがって半島の李王朝、すなわち大韓帝国にしても、日本は敵視する国などではなく、友邦たるべき存在だったのである。

　しかし、李氏朝鮮は政争と腐敗という混乱の極みにあった。民衆は貧困と圧政にあえぎ、半島の各所では暴動や反乱が生起され、大国清やロシアによる軍事力を背景とした直接介入は、もはや時間の問題であった。

当時の大日本帝国にしても、大韓の併呑や半島の占領統治が本来の目的ではなく、あくまでも本土防衛の盾となる同地の安定と政経基盤の強化こそがその本意だった。

実際には敗戦によって、明治の頃より日本がずっと危惧していたことが起きた。ソ連の南進と、それによる半島の赤化である。

アメリカがかろうじてそれを半分にとどめたものの、中国および北朝鮮のそれはいまだ健在で、ともに不気味な軍拡へと突っ走っている。

そして、第二次大戦後の冷戦期に生起された一九六二年のキューバ危機では、米ソの海軍艦艇が一触即発の状況に置かれ、人類は第三次世界大戦、核戦争へ片足を突っ込むことになったのである。

当時、フィデル・カストロらの革命によって社会主義国家となったばかりのキューバは、必然的にソ連（ソビエト連邦・現ロシア連邦）の支援を受けることになり、キューバはソ連の核弾道ミサイル基地を自国へ置くことに同意した。

新国家樹立後も、アメリカとの良好な関係を築こうとしていたカストロだったが、農地改革をはじめアメリカの意を解さないやり方に、アメリカのほうが匙（さじ）を投げることになった。

南米キューバにソ連のミサイルが配備されることは、アメリカにとって喉元に刃をつきつけられるようなものである。時のケネディー大統領は、ソ連のフルシチョフ首相とさまざまな外交チャンネルを通じて、打開の道を探ろうとする。

二一世紀の北朝鮮の弾道ミサイル、核開発では、アメリカは国連安保理を主導して経済制裁をおこなったが、この当時ホワイトハウスにおいてケネディーが選択したのは、ソ連からキューバに向けて航行する船舶の臨検や拿捕（だほ）、すなわち海上封鎖だった。

これをテレビを通じてソ連側にも宣言して以降、アメリカはデフコン2、つまり準戦時体制に入った。核弾道ミサイルの発射準備のほか、日本、アラスカ、トルコ等に配備された米軍機にも発進準備が下令された。

一九六二年一〇月二三日のことである。

そして一〇月二七日、ついにソ連潜水艦B‐59搭載の核魚雷の発射ボタンに手がかけられることになった。

潜水艦に積まれていた核魚雷は、地上から地上に向けて発射される核弾道ミサイルほどの威力はないとはいえ、それでも広島、長崎の原爆に匹敵する。たった一発でも爆心地の半径数キロメートル圏内の米艦は、すべて沈むか航行不能となることは明らかだった。

海上封鎖にあたる米艦はソ連の潜水艦を捕捉、探知した場合、これを撃沈することなく、まずは退去をうながし、応じなければ相手に被害が及ばないように爆雷を投下して、引き返させるか浮上させるように命じられていた。

ピン（ピンガー）、すなわち潜水艦探知のための艦のアクティブ・ソーナー（水中探知機・探信儀）から発する強力なパルス信号（音）を何度も打ったり、潜水艦の動きに合わせてしつこく追尾したりすることで、完全に捕捉されているという事実を潜水艦に突きつけるのである。

潜水艦キラーとなる水上艦は魚雷攻撃に入る前、

ふつうアクティブ・ソーナーのピンは一回しか打たない。

　まず目標の潜水艦のスクリュー音等を聴知するパッシブ・ソーナー（水中聴音機）で、方位とおおまかな距離を把握しておき、その後、ピンを打って正確な位置を割りだし、ただちに攻撃へと移る。

　ピンを打てば、水上艦と同様にソーナーを持つ潜水艦側にも、こちらの位置が知られることになる。それでもピンを打つのは、目標と自艦との正確な測距ができるからだ。

　また、それを聴いた潜水艦が、こちらの位置を割りだす解析作業を終えるまでに先に魚雷を発射すれば、自艦が反撃される可能性は低くなる。それだけに刀の真剣勝負、居合と似て、潜水艦との戦いは間合いと魚雷発射のタイミングがきわめて重要となる。

　むろんこちらが魚雷を発射すれば、潜水艦はやはりパッシブ・ソーナーによって魚雷の発射音や推進音を得て、それを知ることになる。

　そのため、ピンを打ってもすぐにこちらが魚雷を発射しなかったり、あるいは、魚雷を発射することなく、たて続けにピンだけを打ったりすれば、潜水艦に対して、暗に「こちらはおたくを捕捉しているが攻撃の意図はない」と伝えることができる。だから「いつまでも潜ってないで、とりあえず浮き上がってこいよ、姿を見せろ」ということになる。

　この一九六〇年代のアメリカ海軍の手法は、二〇〇四年の中国海軍漢(ハン)級原子力潜水艦による南西海域での領海侵犯事件の際、海自によって採用されることにもなった。

この時も長く海中に身を潜めていた中国原潜は、海自護衛艦とP‐3Cによる執拗（しつよう）なピン攻撃と追尾によって最後は浮上する。

海自の出動は、防衛大臣の権限としては最上級となる「海上警備行動」の発令によるものである。これは正当防衛および緊急避難による武器の行使も可能とするが、海自の行動はまさに戦闘、開戦を回避するための明確な軍事的威嚇に徹するものであった。

ただし海の上の艦には、ソーナーによって海中に潜む潜水艦の型や位置などを知ることはできても、それがはたして核魚雷を積んでいるかどうかまではわからない。

推測はできてもたしかめようがない以上、相手がそうした潜水艦ではないことを願って、キューバ危機の際の米艦は命ぜられた強制浮上の措置に至るしかなかったのである。

一方、ソ連の潜水艦側では海上封鎖時に米艦による攻撃を受けた場合、モスクワの指示を得て核魚雷を発射することも想定されていた。

しかし潜水艦は水中にあるあいだ、容易に地上との交信はできない。それでなくとも海上で多数の米艦が監視するなか、アンテナを突き出せば、たちどころに自艦の位置を知られることになる。

はたして米艦による爆雷攻撃は開戦を意味するのか、それともただの威嚇なのか。

B‐59艦内では艦長をはじめ、戦端が開かれたと主張するクルー（乗組員）が多勢のなか、士官では副長の中佐のみがこれを頑（かたく）なに否定して、まずはモスクワに確認すべきとの姿勢を変えなかった。ヴァシリィ・アレクサンドロヴィッチ・アルヒポフ、その人である。

彼は前年に起きた原子力潜水艦K‐19の原子炉事故の際も、副長として的確な指示と行動によって炉の溶融や爆発、大火災等を未然に防いでいる。四七年後、オバマ米元大統領は核なき世界を訴えてノーベル平和賞を受賞したが、アルヒポフは一九九八年に七二歳で没するまで、こうした世界平和に貢献した事実について、多くの世人に知られることはなかった。

まがりなりにも民主化した現在のロシア連邦と違って、社会主義国ゆえに秘密主義でもあった当時のソビエト連邦では、英雄的軍人の表彰、宣伝、周知よりも、自国海軍の潜水艦やその事故について秘匿することに腐心したのだ。彼が人類滅亡を招きかねない第三次世界大戦、世界最終戦争ともなりうる核戦争をすんでのところで防いだ自国民であるにもかかわらず。

それはおそらく、民族性や国民性というよりは体制の問題、すなわち社会主義国に共通する国家優先や政治指導部の思想、方針堅持に起因するものだろう。

しかし、ソ連が崩壊した現代においても、そうした体制の国、北朝鮮、中国は存在する。

これに対して朝鮮半島南部の韓国は、もともと一九五〇年代に共産主義、社会主義を否定して誕生した国である。

そのために同じ民族でありながら、ソ連が介入する共産主義の朝鮮民主主義人民共和国との間で、世界を巻き込みながら何年も熾烈な戦いを繰り広げたのではなかったか。

にもかかわらず韓国は二一世紀に入り、資本主義、自由主義の日米と一線を画すようにして左傾化を強めていた。

特に文政権下の彼の国では、朝鮮戦争当時の李承晩（イ・スンマン）大統領をしのぐ反日強硬策に及ぶだけでなく、日米韓の北朝鮮包囲網にみずから風穴を開けるかのような親北政策を推し進め、日本のみならずアメリカも完全に呆れさせるありさまだった。

反日の様相をあからさまにしたのは、レーダー照射に関する問題だけではない。

李政権から延々と続く日本領竹島不法占拠の正当化、そして徴用工補償問題の再燃を看過するだけでなく、それに絡む韓国最高裁での日本企業敗訴の判決である。

韓国の未成熟な民主政治は、いまだ三権分立の確立をみず、最高裁長官に相当する大法院長は、国会の決議的な承認ですらない形式だけの国会の同意を得て、結局は大統領が任命する。

韓国内でもむかしからこの点を疑問視したり、是正を求めたりする声はあったものの、変わらぬまま今日に至っている。

要するに韓国では、行政の長であるその時々の大統領の息のかかった者が最高裁の長となるのだ。

一方、日本の最高裁長官は首相単独ではなく内閣が指名し、政治から独立した天皇が国事行為としてこれを任命する。

戦時中に日本企業での労働を余儀なくされた、いわゆる徴用工に対する補償は、すでに半世紀以上も前の朴（パク）政権当時に日韓間の約束（一九六五年の日韓基本条約）として、日本がそうしたものも含め韓国と個人に対するすべての補償に供する金（当時の額で八億ドル）を出し、その後、個人の請求には韓国政府が応じるということで決着をみていたはずだった。

しかも、そうした案を先に示したのは韓国側、すなわち朴大統領だったのだ。日本はこの案を受け入れ、実際に借款を含む補償金の全額を韓国側へ支払った。

ところが朝鮮戦争の後、荒廃した自国のインフラ整備を急ぎたい朴大統領が、本来個人賠償に供すべき金にまで手をつけてしまったことから、その後の政権も個人賠償の件を、当事者がおよそ納得できない額で解決を図ろうとしたり、棚上げにしたりするほかなかった。

ところが、こうした事実を韓国国民は長いあいだ知らされていなかった。

にもかかわらず、文政権になったとたん日韓の国同士の約束事はあっさりと反故(ほご)にされてしまった。そして、韓国政府としては関知することではないから、日本企業へ賠償請求するようにと、元徴用工の当事者らを誘導した。いや、そそのかしたのである。

むろん、それは子飼いの大法院長が日本の企業を敗訴に追いやることを見越してのことだ。実際に韓国の大法院、すなわち最高裁は、そのような判決をくだしたのである。

当然、日本政府は韓国政府に対して異議を唱えたものの、韓国政府は司法判断には介入できないとして、これを突っぱねた。

まっとうな民主主義国家では、とうていあり得ないことである。事実、それまでの韓国では、つまり文政権以前の裁判では、そのような判決がなされることはなかった。

それればかりではない。韓国政府はソウルの日本大使館前に、市民団体が慰安婦像を設置することを看過するにとどまらず、大使館の新築建て替えに際して、難癖をつけるようにして事実上の政治的妨害に及び、結局、日本側が断念せざるを得ない状況に追い込んだ。その直接の首謀者とされる国会議員もまた、文大統領の仲間だった。

これが、およそ友好国のするようなことではないのは、反韓の徒のみならず、ごくふつうの日本人にもわかる。

ここにきて、日本政府、安倍内閣も堪忍袋の緒が切れたというよりは、韓国のあまりにも異常なさまに、この国と「未来志向」の手を携えていくことは困難との見方を強めていく。

さすがに、ネットに見られるような国交断絶といった極論にまでは至らずとも、大使の召還など厳とした対抗措置をとり、両国の関係を抜本的に見直すべきとの意見は、政治家のみならず多方面の識者からも出ていた。

新世紀に入り、Ｊアラート（全国瞬時警報）の発信も余儀なくされるほど北朝鮮の弾道ミサイルと核開発に翻弄されたあげく、南西海域での海底資源や尖閣諸島をめぐる中国とのいざこざに辟易（へきえき）していた日本は、ここにきて韓国の左傾化という問題にも直面することになった。

内閣が一つ判断を誤れば、それこそ事態の拡大を招きかねないといった状況にあたり、ぎりぎりのところで感情に流されることなく日本人の自制、平和志向がなお保たれていたのは、平成の世において、平和を祈念してやまなかった天皇陛下、その後の上皇陛下の御心が、大戦による御霊のみならず戦後世代の多くの民の間にも伝わっていたからなのかもしれない。

その天皇に対しても韓国の国会議長は、酔客にみられるような、およそ口にすることもはばかられる侮蔑的な発言に及んだのだ。

そればかりではなく、戦時中の韓国人慰安婦の問題をめぐり、天皇が訪韓して謝罪すればすむといった発言に至る始末だった。実際に退位に際して、感謝の意を表する祝電としながらも、結局は退位後の訪韓を期待するとのメッセージを投じたのだ。

この議長については、以前から韓国内でも数々のスキャンダルで世間を騒がせていたこともあり、日本側はまともに相手にしないほうがいいとの立場をとっていた。

相手に政治戦略的な思惑があるかどうかにかかわらず、韓国の一政治家による問題発言に日本政府として乗じるようなことはない、と。

二一世紀に入り、朝鮮半島において南の大韓民国が急激な左傾化を見せたのは、日米が夢想だにしない南北赤化統一へ至る予兆ともいえた。

そして、この願わくば半島の赤化統一をとの思いは、当然ながら中国にもあった。

あのキューバさえもアメリカに歩み寄りをみせ、二〇世紀とは違い、世界における社会主義勢力の減勢が進むなか、いまや中朝はその最後の砦とでもいうべきところにまで追いやられていた。

しかし、いまだ共産主義を標榜しながら、その実、資本主義経済の土壌で富を得る中国は、そうした矛盾には触れず、国の発展と人民の生活向上は体制がもたらしたものであるとの立場を崩すことはなかった。

それどころか、宿敵アメリカのお株を奪うかのごとく、独自のインフラ整備と貿易促進に世界の国々を巻きこむようにして、グローバル経済を主導するとまで言いだしたのである。

そして、日本を含む世界もまた、この壮大な経済構想それ自体にはなかば歓迎の意を示したのだ。

だが中国の野望は、そうしたインフラと貿易交通路を整備し、富を手中にするだけにとどまらなかった。

アフリカ、アジア、その他の地域の途上国に対し、返済の見通しすらつかないような多額の投資を積極的におこない、その見返りとして世界各地に自国の軍事拠点を着々と築いていたのである。

そう、米海軍と対峙しながらも南シナ海のスプラトリー諸島（南沙諸島）の基地化を実現させた中国が日本の尖閣諸島、南西諸島をその視野に置かないはずはなかったのだ。

第2章　一日目

二〇二X年　六月三日夕方
沖縄・宮古島の北一〇〇キロメートルの海上

艦（ふね）というよりは鋼（はがね）の滑走路である。だが、いずれにしても人間が造ったものに変わりはない。

蒼（あお）と碧（あお）の大自然に上下に挟まれた灰色のそれは、全体がねっとりとした大気と潮の匂いに覆われ、南への行く手を阻まれているかのようであった。

大空を舞う鳥や神の目には、動いているように映らないかもしれない。それでもいま、実際には多くの商船やタンカーの最大速力に匹敵する二〇ノット（時速約三七キロメートル）超で航行するこの艦には、およそ五〇〇名ものクルー（乗組員）と三機の哨戒ヘリ、二機の陸自ヘリ、そして実戦配備されてまもない四機のＳＴＯＶＬ（ストーブル）（短距離離陸・垂直着陸機）が搭載されていた。

最大速力は三〇ノット（時速約五五キロメートル）だが、陸の自動車とは異なり、モーターボートであれ漁船であれ、一〇〇トンもない小型船舶がこの速力で走れば、乗員は風圧と波をたたく船体の振動で甲板に容易に立ってはいられない。

パワーボートや軍用の高速艇以外には、密漁船か工作船でもないかぎり、そんな速さで航走可能な小型船はまれである。

だが今回の任務は、これまでのような不審船の監視といったレベルのものではない。艦長以下、すべてのクルーに確たる覚悟が求められるのだ。

とはいえ、人間の緊張の持続には限界がある。新任の艦長にも、それはよくわかっていた。まずは不要なトラブルに見舞われることなく、目的地に達する必要があった。

あまりにも時代の先を行くモノやテクノロジーは、そのコンセプトや性格が容易には世の中に受け入れられないことがある。人は新種に遭遇した場合、既存の事物や概念をもとに、それを理解しようとするからだ。

江戸時代の加賀藩のシンボルであった梅をロゴマークに取り入れた二一世紀の「かが」も、その例にもれなかった。

海上自衛隊（海自）の「いずも」型護衛艦の二番艦ＤＤＨ-１８４「かが」である。

以前は、広島の呉に置かれた第四護衛隊群に所属していたが、現在は佐世保を定係港とする第二護衛隊群第二護衛隊に、イージス艦の「みょうこう」ほかとともにある。

艦首記号ＤＤＨのＨはヘリコプターの英頭文字であり、本来はHelicopter Destroyer、すなわちヘリコプター搭載護衛艦を意味する。だがそれは建艦計画当時の話で、海自における同艦の現在の位置づけは、航空機搭載の多用途護衛艦であった。

米海軍では駆逐艦をさすDestroyer、その頭文字のＤが二つなのは、米海軍を踏襲して、たんに表記時のまちがいや誤読を防ぐための、いわゆる二重表記を採用したにすぎず、もう一つのＤにDefense（防衛）その他の意味があるわけではない。

他国の海軍やかつての日本海軍では、こうした艦を武装の程度や排水量、すなわち大きさによって戦艦、駆逐艦、フリゲート艦、巡洋艦などに区別している。

　しかし海自は創隊以来、一定以上の大きさの艦についてはすべて護衛艦と称し、そのうち戦闘を主とする艦については、英訳に際してDestroyerを用いるのが慣例となっていた。

　満載で二万六〇〇〇トンの排水量を誇る「かが」は、実際には旧海軍の空母に匹敵する大きさを有し、その艦型も空母と同じである。

「空母ですよね、実際は？」

　以前、艦長の岡崎一等海佐（一佐）は、世間によく知られる新聞社の記者からそう問われ、一瞬、答えに窮しそうになったことがある。

　しかしいまでは、なぜこの艦がもはや空母とはいえない先進の多用途艦であるのか、きちんとした理論武装ができていた。

　それでも、同じ穴の貉（むじな）である副長の次のような問いには、うまく応じることができなかった。

「艦長、これ（かが）が多用途艦なら、どうしてＤＤＨのままなんでしょうか。むかし、あったとかなかったとかいわれているＤＤＡという話に、ならなかったのでしょうかね」

「うん？　どういうこと？」

「いやあ、最近、部外者だけでなく部下やら他の者にも、あちこちでそれを言われるものですから。なんと答えていいものかと」

「ああ、なるほど」

　岡崎艦長にも適当な弁はなく、とりあえずは、そう返すことしかできなかった。

　その種の内からの問いは、いじわるな新聞記者などのそれとは違って、たしかに的を射ており、まったくもって返す言葉がない。

海自は、たしかにかつて多用途護衛艦ということで、ＤＤＡ（All purpose Destroyer）なる艦種を採用していたが、実際にはＤＤＧ（ミサイル護衛艦）を補完するために、対空火器としても使える長射程の主砲を装備した艦のことを指しており、多用途艦というよりは防空艦と呼ぶにふさわしかった。

むかし、先輩からそうした話を聞いたことを思い出した艦長はつけ加えた。

「これまで実際にＤＤＡが付された艦があったのかどうか私もよく知らんが、まあ、この艦にかぎらず、ある意味、現在の海自護衛艦のほとんどが、対空、対潜、対艦能力を持つ多用途艦といえるんじゃないのかな。

そもそも、これにはＦ‐35Ｂ（ＳＴＯＶＬ）だけじゃなく、ＳＨ（哨戒ヘリ）も載せているわけだし。ＤＤＨじゃあダメってことにはならんと、私は思うけどね。どうだろ？　あんたは、どうなの？」

「はい。個人的には私も、本艦はアメリカさんのＣＶ（空母）とは、ちょっと違うように思いますが、ただアドバンス（先進的）ならアドバンスで、従来にない艦種記号であってもよいような気もします」

「なるほど、それはそうかもしれんね。多用途の意味が、いま言ったむかしのそれとは大きく違うことを、この艦が象徴しているのはまちがいないな。私もＩＣＵ（集中治療室）まである艦に乗ったのは初めてだ。

補給に輸送、それに司令部の代わりまでやらされるんだからね。それだけ副長のあんたにも、がんばってもらわないと身がもたん。よろしく頼むよ」

そう言うと艦長は、豪快に笑いながらコーヒーカップを手にした。

海自最大級の艦で女性もわずかに乗り組んでいるとはいえ、鉄の匂いと潮の香と、むさい男たちの集う艦内の様子は旧型艦と、そう変わりはない。

シャバ（世間）のスーパーでよく売られているなんでもない粉のインスタント・コーヒーだが、日に二度か三度の香り立つこのコーヒーが、タバコと無縁の艦長には激務の中の大事なひととき、神経のやわらぐ一服であった。

自分のことについて、ここ（かが）でも旧軍人を思わせるような豪胆な性格とのうわさがひとり歩きしているのかと艦長は思っていたものの、少なくとも眼前の副長は、どうもそのようには受け止めていないらしいことを知って、幸先はよさそうだと思うことにした。

いまの時代に誰が旧軍人のことを知っているのかとも思うが、前の艦では、着任前になぜかそうした前評判が立っていたという。同じことがこの艦でも起こるのを、岡崎艦長は実のところ、望んではいなかった。

副長に聞いたかぎりでは、前任の艦長は軍人や自衛官というよりも、中学か高校の校長を思わせるような静かなおもむきがあったという。

たしかに引き継ぎの際に受けた印象にすぎないが、やや小太りの体に短く刈ったシルバーヘアーとメガネが、そう思わせるのかもしれなかった。それに部下への話ぶりにも、教師のように相手のことを考えて諭（さと）すようなところが見られ、クルー（乗組員）たちのウケも悪くなかったようだ。

一方、自分はといえば、前の艦長とは対照的にいくらか上背もあり、日本人にしては凹凸のある目立つ顔は浅黒く焼けている。黙っていると、部下には、やや近寄りがたい印象を与えるかもしれないとは思う。

たしかに部下になめられる指揮官よりも、強面(こわもて)であるほうが指揮命令は発しやすい。それによって、任務ということにかぎれば、事が円滑に進むこともあるかもしれない。

横須賀の防大や江田島（広島）の幹部候補生学校（幹候校）は、まさにその典型であったが、自衛官や幹部の基礎を作る教育と職責を果たすための実務では、たとえ根の部分は同じであっても具体的なやり方や考え方は大きく違ってくる。

指揮官の顔色をうかがいながら動く部下ではなく、命じられたことについて、強意や強制ではなしに自分が果たすべき役目をみずからの意思でおこなう部下であってほしい。自分が指揮するのはそういう艦でありたいと、岡崎はつねづね願っていた。

だが着任してすぐ、それにはこの艦は一つ決定的に足りないものがあるように岡崎には思えた。

「ところで、副長は中国製の万年筆、使ったことはある？」

艦長の岡崎が突然そう切り出すと、副長の吉川二佐は一度、怪訝(けげん)な顔をみせたあと、ていねいに返してきた。

「中国製の？　いいえ。私は、これまで手にした経験はないと思いますが。ひょっとして、そうとは知らずに使っていたということはあるかもしれませんけれども。

家電でもなんでも国内メーカーのブランドなが

ら、実際にはメイド・イン・チャイナってのが近頃では、めずらしくありませんので」

「着任前のことなんだが、ふた月ぶりに一日だけ自宅に戻った時、大学生の娘が父の日だからと言って、メイド・イン・チャイナの万年筆をくれたんだけど、これが意外とよくてねえ」

照れ笑いというわけでもなかったものの、艦長が少し頬を緩ませてそう言うと、副長は何が言いたいのかと興味津々な目を向けてくる。

「大学生の子がアルバイトして買ったものだから、一万円もしないようなことを言っていた。

だから、そう高くもないのだろうけど、何万円もする国産のものやヨーロッパのブランド品とそんなに変わらないんじゃないかというくらい書きやすくてね。インク漏れもないし、なかなかいいんだ、これが」

「ほう、そうですか」

艦長から手渡されたそれのキャップを外して、ペン先をしげしげと眺める副長に艦長は重ねて告げた。

「もう三十数年前のことだけど、高校の頃、北九州に友人と旅行した時に中国物産展てのをやっていた。ふらっと寄ってさ、そこで初めて中国製の万年筆を買ったんだけど、これが酷いしろものでねえ。

まあ、三〇〇円とかそんなものだったから期待はしてなかったんだが、旅行から帰って使ってみたら、インクがだだ漏れで、制服の内ポケットを探ったら指が真っ青になってねえ、シャツにも染みができて酷いめにあったよ。

それからすると、万年筆みたいな文具にしても、中国じゃあ、この三十数年の間にかなり進化したってことになるんだろうねえ」

「ああ、なるほど。万年筆でもそれだけの進化を遂げたってことは、戦車やら艦やらの武器にしても、それなりに進化していると、そういうことになりますかね」

的を射たその答えに、それまで緩ませていた頬をくっと引き締めた艦長は、副長から万年筆を返してもらうと念を押した。

「中国の武器や軍事技術に対する日米の従来の見方は、やや楽観的過ぎたんじゃないかなと、私自身は以前からそう思っている。

我が国の領土領海を侵すような彼の国の暴挙を看過するようなことがあっては、我々自衛隊の存在意義そのものを失うことになりかねない。

したがって、本艦のクルーについても、事態をあまり楽観視することなく、本来の覚悟を持って各自の職をまっとうしてほしいと思うが、どうだろうか」

「たしかに、艦長がいま言われたように昨年来、日中間が幾度かの小競り合いに至っているものの、隊員の多くは実戦を知りません。

また、私を含めてほとんどの者は、いえ、おそらく総員が、そういうことを望んではおりませんので、そういう意味では楽観的とのご指摘は、ごもっともかと思います。

以後、その点に留意し、職務遂行にあたるようクルーには下達します。では、これからすぐに」

「うむ。そういうことで、よろしく頼みます」

三〇分ほどの、副長との休息の時間を終えた艦長は、第二甲板に置かれた薄暗いＣＩＣ（Combat Information Center）へ再び入ると、自分の席についた。

ＣＩＣは直訳すれば「戦闘情報センター」となり、むかしの大企業のコンピュータールームや現代のサーバールームがイメージされるが、実際には、ここが現代艦の指揮所となる。

二〇世紀の第二次大戦のむかしと違い、システム化された現代艦においては、艦長が見晴らしのよい艦橋から指揮を執る場合はかぎられている。会敵、接敵の可能性がある作戦行動中の大半は、外界から閉ざされたこのＣＩＣに陣取ることになるのだ。

ここには各種の通信はもちろんのこと、海や空の状況を探る艦のレーダー（電測）や海中に潜む潜水艦の動き、そこから発射される魚雷、あるいは海上の艦艇のエンジン音等を探知するソーナー（水測）からの情報が一手に送られてくる。

そればかりでなく、自艦の動きやエンジンの状況、各部各科の状況もたちどころに把握できることから、艦橋で指揮するよりもはるかに効率がいい。

その効率は多くの場合、スピードとも密接に関係している。高速で飛来するジェット機やミサイルが武器の主役となっている現代では、艦の側もこれに対処するためのスピード、つまりは処理速度、対処時間がきわめて重要となる。

陸海空いずれにおいても、現代戦で勝利するにはそれがすべてといえるほど、いかに早く敵の脅威を察知して対処するかにかかっている。

特に「専守防衛」を旨とし、先制攻撃が難しい自衛隊の場合、戦いの端緒では最初に敵の奇襲や攻撃を受ける可能性が高くなるが、これをすばやく封じることが必要とされる。

自艦の一〇〇キロメートル先で捕捉した敵の雷

撃機を迎え撃つという時代なら、最大でも時速四〇〇キロメートルほどのそれが間近に迫るまでには一五分ほどの時間がある。

仮に自艦が空母で、準備の整った戦闘機があれば、これを発艦させて敵機を迎撃するほか、その間に艦の高射砲の射撃準備を整えるようなことも十分に可能だ。

しかし、同じ一〇〇キロメートル先の敵機でも、いまの時代は敵機それ自体が飛来してくるのではない。そこから放たれたミサイルが音速の二倍、三倍のスピードでやってくるのだ。

命中するまでの時間は、長くてもせいぜい二、三分。短ければ一分もない。

しかもそれは、敵機を一〇〇キロメートルか、それよりも先で捕捉できた場合の話で、距離が短ければ対処時間は、さらに短くなる。

要は、わずか数十秒の間に敵機やミサイルの位置、動き、速度などを割り出し、迎撃手段をそれぞれ選択し、担当する各部各科へと指示を出さなければならない。

それは相手が敵艦であっても同じだ。艦砲よりも対艦ミサイルが主力兵器となったいまは、彼我が数十キロメートル開いてのミサイル戦が想定されている。

魚雷ですら、後部にロケット推進器（アスロック）を備え、空へと撃ち上げて短時間のうちに敵の水上艦や潜水艦の目前まで達したのち、弾頭の魚雷部分が切り離されて目標を自動追尾するものもめずらしくない。

岡崎は二、三年前に、航空自衛隊（空自）の新型空対艦ミサイルＡＳＭ‐３の実射試験に立ち会ったことがある。

除籍された退役の護衛艦を標的艦として、空自機から実際にミサイルを発射することで、命中精度や威力を調べることが試験の目的だった。艦にとって大きな脅威となる空対艦ミサイルを、岡崎は実地で知る機会を得ることになった。

標的艦は、くしくも岡崎と少なからず縁のある「しらね」だった。

基準排水量五二〇〇トンは、いまの護衛艦ではめずらしくなくなったが、昭和五五年（一九八〇年）の就役当時は海自最大の護衛艦であり、DDH-143として三機の対潜ヘリを運用できた。迫りくる敵機や対艦ミサイルを撃ち落とすための防御用のミサイル短SAM（サム）シースパローを、海自で最初に装備した艦でもある。

さらに「しらね」は、海自初のシステム艦でもあった。

それ以前も、ミサイル護衛艦「たちかぜ」のようにコンピューターによって戦術情報処理をおこなう艦は作られていたが、「しらね」ではデータリンクが可能となり、海空の複数の目標の位置座標や通信を一元的に把握できるようになったのだ。

しかも同じデータリンクを持つ艦や航空機とであれば、それぞれが把握した情報を互いに共有することができる。ひと言でいえば、戦術情報のネットワーク化である。

第二次大戦中の艦が通話のみの携帯電話とすれば、データリンク採用前の護衛艦はメールができる携帯電話であり、「しらね」以降のシステム艦はスマートフォンといえるだろう。

同じスマートフォンでも、「かが」が4G、5Gだとすると、初期の「しらね」は2Gあたりということになる。

要するに、システム艦といっても「しらね」時代と現在の「いずも」「かが」とでは、艦自体の大きさだけでなく、扱える情報量もその処理速度も格段に違うのだ。

「いずも」が引き継ぐかたちで「しらね」が除籍になったのは、二〇一五年のことだった。

岡崎はこの時、すでに同艦をおりて他艦の艦長をしていたが、まだ二〇代の幹候校の学生だった頃から、「しらね」が海自を代表する艦であることをよく聞かされていた。

二一世紀を迎えても「しらね」は、たしかに海自の花形艦として、なおしばらくは堂々と自衛艦隊に君臨していたのである。

横須賀に妻子のいる自宅があるが、岡崎にとって「しらね」は、いわば別宅のような存在だった。

それがついに除籍となり、ミサイル実射の標的として最後の奉職を遂げることになった。

もっとも標的艦とはいえ、実際には撃沈されたわけでない。命中後の効果の程度を知るために、むしろ艦体は事前に強化されており、試験後の検証を経て解体処分となっている。

もともと軍艦として酷使される護衛艦の耐用年数は、人間の寿命よりははるかに短い。早ければ二〇年から二五年ほどで、艦齢延伸の改修が施されたものでも三〇年かそこらにすぎない。それを考えれば「しらね」の三五年は、長寿であったといえるだろう。

自分よりも早くに海自を退くことはわかっていたものの、それでも標的となった「しらね」を目の当たりにすることは、岡崎には感慨深いというより、どこか忍びなかった。

むろん、最後まで護衛艦としての役目は立派に果たしたのだ。

岡崎が幹候校卒後、すぐに実習幹部として最初に乗艦したのも「しらね」だった。それからいくつかの艦や基地を経て、三〇代の三佐当時にも「しらね」で砲雷長を務めることになる。

その後、また別の艦へ転属となり、四〇代後半で副長として戻った。そして、三年ばかりお役を務めたあと、ちょうど五〇歳の時に「ひゅうが」の艦長を拝命することになった。

そして、いまの「かが」である。

「ひゅうが」と「かが」は同型艦ではないものの、艦型も役割もよく似ている。「ひゅうが」よりも全長が一・二五倍長く、排水量換算で六〇〇〇トンほど大きい「いずも」と「かが」は「ひゅうが」の拡張版ともいえる。

初めて「かが」を目にした時、「ひゅうが」で慣らされているはずの岡崎もその大きさに驚きを隠せなかった。考えてみれば、初任幹部の頃から自分はずっと、こうした大型艦と縁があるようだと岡崎は思う。

そこでの艦長の役目は、部下である砲雷長もしくは船務長が通常任ぜられる哨戒長のリコメンド(助言)に応じて、それに許可を出すことだ。

まれに艦長自身が各部に指示を発することもあるが、哨戒中であれ戦闘中であれ、だいたいは哨戒長がその場を仕切ることになる。

艦長はその状況をつぶさに監視するとともに、哨戒長が各部へと指示を発する際にお墨付きを与えるにすぎない。

それだけに護衛艦の艦長には、部下との日頃の意思疎通や信頼関係の構築が不可欠となるのだ。

*

艦長が着席してほどなく、副長が艦内放送を通じて「達する」と前置きしたのち、二度、次のように繰り返した。

「本艦は、これより実戦を想定した行動に移行する。総員、各持ち場において注意を怠ることのないようにせよ」

それから一五分ほどのち、艦長の岡崎は、自分のすぐ近くに座して、この時間に哨戒長を任されていた砲雷長の千歳丸（ちとせまる）三佐に命じた。

「本艦は、まもなく敵の威力圏内へと入る。対空および対潜警戒を厳となせ」

「艦長、了解しました」

三佐は、すぐに一度短く返答すると、みずから同じことを発して下達した。

そばに立つ当直の海士長が間髪いれず、三佐と同じ文言を発することで、ヘッドセットを通じてそれを各部に伝える。

今回の「かが」の任務は、宮古島の北五〇キロメートルの海上に占位して、中国軍による万一の奇襲に備え、同島に駐屯する陸上自衛隊（陸自）部隊を支援することにあった。

もともと宮古島には、南西空域の監視を担う空自のレーダー基地が早くから置かれていたが、二〇一九年に新たに陸自の部隊が常駐することになった。

海から迫る敵艦を迎撃する地対艦ミサイルの基地とそれを守る一個中隊の警備隊からなり、総勢八〇〇名超の大所帯である。

だが空からの敵の強襲を防ぐには、およそ三〇〇キロメートル離れた北東に位置する那覇の空自戦闘機頼みとならざるを得ない。空自第九航空団の主力F-15Jは、マッハ1・5で飛来すれば一〇分で宮古島上空に達するが、その間に敵機敵艦の放った複数の対地ミサイルによって、島のレーダーも基地も破壊されるおそれは払拭できない。

そのため宮古島の空港に、早期の邀撃（ようげき）に向けた少数の戦闘機を常駐させる案も早くから出されていたが、地元との調整に時間を要するのみならず、肝心の空自側にもそのための人、モノを揃えるだけの余裕はなかった。

それでなくとも、空自に加えて陸自も常駐することになり、宮古島では一部に「島の要塞化ではないか」との批判の声もあがっていたのだ。

しかも陸自の先遣隊が到着した頃には、弾庫に運び込まれた弾種が事前の地元との約束と異なるということで、すべて他所へと仮置きしなければならない事態を招くことになった。

仮に戦いの初動において、十分な航空支援が得られないのであれば、陸自はせめて敵の上陸侵攻に際して自前でそれがやれないものかと、将来的には攻撃ヘリを常駐させることを計画していた。

空自と異なり野戦も想定している陸自では、固定された基地以外でも、つまり前線でも各種のヘリの整備を可能とする「野整備」のノウハウを有している。

空自戦闘機のように滑走路や専用のハンガー、整備場がなくても最低限の機材と主要な部品、整備員さえ揃っていれば、限定的ながら現場での保守、整備ができる。そのノウハウを生かして、ヘリのように垂直離着陸が可能で、ヘリよりも高速飛行が可能なV-22オスプレイ（ティルト・ローター機）の配備も念頭に置いていた。

ただ、それはそれでまたミサイル隊や警備隊とは別に、それなりの場所や施設が必要となる。

島に自衛隊員を常駐させるとは、そういうことなのだ。

隊舎や指揮所となる本部のみならず、弾庫、武器庫、車両等の整備所、燃料、食糧、需品等の倉庫、通信施設、医務室、食堂、浴場、駐車場、多用途グラウンド、それらを繋ぐ道路、フェンス、さらには側溝や上下水道、電気設備、機械監視のシステム等も必要となる。いわゆるインフラである。

そして、レーダー基地や施設が敵の攻撃を受けるということは、こうしたインフラの一部もしくは全部を失うことを意味する。そこがウォーゲーム（机上演習）と実戦の大きな違いでもあった。

敵の攻撃によってこちらが損害を被(こうむ)るということは、たんに数字が示す損耗率や損害額だけでは表すことのできない、国の実体的な有形資産と無形資産の減少をみることなのだ。

それは当然、陸自にかぎったことではない。海自、空自にしても同じだ。

特に武器である艦自体がインフラを内包している海自において、戦闘で一隻の艦が沈む、あるいは行動不能になるということは、陸自でいえば一つの駐屯地、一つの基地が破壊されるのに等しい。

とりわけ戦闘ロボットとは異なる隊員の命、すなわち人命はいかなるものにも代えがたい。あわせれば総額二〇〇〇億円にもなろうかという艦と航空機、そして五〇〇人超のクルーをあずかる岡崎は、そのことを熟知していた。

だが今回の任務では、宮古島を守るために自艦が盾になるようなことも最悪、覚悟しておかなければならなかった。

宮古島の陸自空自の部隊と海の護衛艦「かが」のどちらが大事かということではなく、断じて我が国領土を他国の軍に渡してはならないのだ。

宮古島の沖にいて、同島の守護神となる。万一、島に敵機が襲い来るならば、那覇の空自機に先んじて艦載機のF‐35BライトニングⅡがタカのごとくスズメを蹴散らす。

この新世代のステルス（隠密）戦闘機は、前世代クラスの敵機が相手であれば、一対三どころか一対五、いや一対七のハイスコアーをたたき出すであろうと期待されている。

三ないし四機で対処すれば、四機編隊の敵の飛行小隊などは難なく撃退し、その三倍、四倍の飛行中隊ですらも返り討ちにできる。

敵のレーダーやESM（電波支援策・電波探知）に捕捉されにくいため、搭載されたハイテクのセンサーやレーダーを駆使して先に敵を捜索、捕捉し、距離を開いたまま瞬時にミサイルを放つことで、一方的に敵を撃ち落とすことも可能だ。

それだけではない。この機はそうした空中戦が主務とはいえ、ほかにも敵機や敵艦、敵基地に対して電子妨害をおこなったり、センサー、赤外線カメラ、レーダー等を駆使しての航空偵察も可能とする。

「かが」が海の多用途兵器なら、F‐35Bは空の多用途兵器といえるだろう。

導入が検討されていた時期には「次世代機にもかかわらずF‐15Jより足が遅い」といったことが、にわか軍事評論家などによって、まことしやかに言われていた。

むろん、それがまったくの的外れであることは、すぐに露呈することになった。

航続距離や武装量もF‐35A、Cより著しく低く、機体寿命も短い中途半端な機種といった批判もあったが、もともとB型は長い滑走路が確保できない艦や島での運用を意図して設計されている。

本土からの航空支援が期待できない状況下でも艦隊防空や島嶼（とうしょ）防空、前方偵察あるいは上陸作戦時の支援といったように、前線の現地部隊や艦隊が自前でのそれが可能となるよう限定的な運用を想定した機種なのだ。

だからこそ、航続力や武装量を犠牲にしてまで、短距離での発進や垂直着陸が可能なストーブル性が付与されたのである。それを、陸上基地での運用を前提とした他の機種と比較したところでなんの意味もない。

たしかにF‐15Jの無武装時の最大速度はマッハ2・5だが、めいっぱい武装すると、大気の条件次第では1・8あたりまで下がる。予備燃料を入れた増槽を付ければ、さらに低下する。

一方、F‐35Bの最大速度は武装時もマッハ1・6、もしくはそれを大きく下がることはない。それどころか条件によっては、F‐15Jをしのぐことになる。

実戦ということでいえば、遅いどころかF‐35Bは、まぎれもなく高速戦闘機なのである。

ただ、それにには先駆者がいた。ハリアーといっても日本のトヨタ車ではない。一九六〇年代に開発されたVTOL（垂直離着陸）機ホーカー・シドレーハリアーは、このタイプでもっとも成功した機種だった。

一九八二年のフォークランド紛争では、ブリテン島からアルゼンチン沖へ軽空母を含む英国艦隊が長駆し、その艦載機シーハリアーは二倍の数、二倍の速度を誇るアルゼンチン空軍のフランス製ミラージュ戦闘機に勝利した。

ハリアーⅡ、Ⅱプラスへと進化して、いまなお米海兵隊等で運用されているが、その最高速度は無武装でもマッハ0・9で、F-35Bには遠く及ばない。それでも島嶼戦では陸上機に優ったのだ。一九八〇年代に一度、海自で導入が検討された機種でもある。

当時、ソ連軍の空対艦ミサイルが著しく進化を遂げたことから、そのプラットフォームとなるソ連軍機を洋上で迎え撃つ必要性が海自に生じた。

そこで、七〇年代から整備中だった対潜水艦用途のヘリ搭載艦DDHのみならず、艦隊防空を担うイージス艦や数機のVTOL機を運用可能な大型艦DDVの計画が持ちあがったのである。

だがこの時、すでに現在の「ひゅうが」型と「いずも」型の中間サイズの多用途艦についても、秘かに案が練られていた。

岡崎が防大を出てまもない頃で、あと一〇年も経たないうちに、早ければ数年のうちに海自も空母を保有することになるのかもしれないとの思いを有していたが、実際にはそれから一〇年どころか、三〇年を要することになった。

だが、いま自分がそうした艦を任されている。

——結局、F-35Bが宮古島の沖から発艦すれば、F-15Jが那覇から飛来するよりもはるかに早く対処できることになる。宮古島で空自機を運用するにしても、滑走路が空爆、ミサイル、奇襲その他で破壊されれば、防空も航空支援も期待できなくなる。この種の艦を複数運用して、適宜敵のアウトレンジから艦載機を放つことができれば、費用対効果も大きいはずだ。

岡崎艦長は航空隊の出ではなかったが、空自がF-35Aの導入を決定した時から、海自もいずれ艦載機として運用できるストーブル性を備えたB型を導入するに違いないとの確信を得ていた。

それだけに二〇一九年四月のF-35A墜落事故は、空自のこととはいえ、岡崎には残念でならなかった。

四機で青森沖の空域へと夜間訓練に飛び立ったうちの一機、それも指揮官機が突然、訓練中止を意味する「ノック・イット・オフ(knock it off)」という短い通信を最後に消息不明になったのだ。

破損した機体の一部がいくつか現場海域で発見されたことから、墜落したものと推測されたが、二か月を経てもパイロットの遺体は発見できず、原因解明にも至らなかった。

その八年前(二〇一一年)の七月にも機種は異なるものの、やはり空自のF-15J四機のうちの一機が、沖縄の那覇沖で同様の状況で墜落事故を起こしていた。

この時には、パイロットが急激な操縦にともなうG-LOCK(重力加速度Gによる意識喪失)によって、降下する機体の引き上げができなかったものと結論づけられた。

岡崎が青森のF-35Aの事故で疑問に思えたのは、機密満載の最新鋭機の夜間訓練をおこなうというのに、さまざまな事態に備え、訓練予定空域の海域に海自艦艇を配置するといった、海空連携の支援策がなんら講じられていなかったことだ。

海自にしても、護衛艦によって夜間のステルス戦闘機の実戦的な捕捉が可能かどうかといった点で、大いに訓練になり得たはずなのだ。

それなのに、当該機が没したと思われる海域に護衛艦は配置されておらず、墜落当時の状況についても、最後のメッセージ以外なんの手がかりも得られなかったのである。

——陸海空の統合運用ということがいわれて一〇年以上を経ても、訓練でさえおよそ満足のいく状況には至らないありさまであるというのに、はたして有事でそれがうまくいくのか。

そうした憂いは岡崎にかぎらず、自衛隊幹部の多くが有するに違いなかった。

政府は平成最後の年、平成三一年（二〇一九年）の防衛大綱において「真に実効的な防衛力—多次元統合防衛力」という項目を掲げ「宇宙・サイバー・電磁波といった新たな領域と陸・海・空という従来の領域の組合せによる戦闘様相に適応する」とぶちあげていたが、いささか風呂敷を広げすぎではないかとの思いが岡崎にはあった。

統合防衛、統合運用と書けばたった四文字のことだが、現実のそれは、きりがないというほどクリアすべき課題であふれている。

同じ航空隊とはいうものの、空自と海自では隊内での「ルール」や「基準」といった点だけに目を向けても異なる点がいくつもある。そうした組織間のプロトコルの策定だけでも容易ではないのだ。

＊

「かが」以前にも「しらね」「ひゅうが」といった、いわゆるヘリ搭載護衛艦でキャリアを積んでいた岡崎は、三佐時代には幹部研修で一度、空自へと出向いたこともある。

むろん、その当時F‐35Aを見る機会はなかったが、戦闘機と哨戒ヘリの運用では、これほどまでに違うのかという驚きを隠せなかった。

いや、空自ヘリと海自ヘリとの比較でもそうした印象を持った。

そもそも空自と海自では、隊員の気質や考え方も違っているように感じられる。

それは陸自相手でも同じだが、昭和の時代から「海空訓練」を重ねてきた海空自の間であっても、それを溝とまではいわないが、やはり克服すべき隔たりというのは、いまなお存在する。

これまでずっとその空自頼みであった航空支援を、いまはまだ限定的とはいえ、自前でやれるというのは海自にとっては大きな進歩であり、作戦の幅を広げることになったといえるだろう。

だが「かが」が今回派遣された理由は、それだけではなかった。

万一、中国軍による上陸戦が展開されることになり、味方や島民の負傷者、避難者が陸自のヘリやオスプレイで運ばれてきたならば、これをただちに受け入れ、たとえ動脈切断、複雑骨折といった重傷者であっても病院にも匹敵する医療区画と専門の医官、衛生官により手当をおこなう。

同時に、艦に常駐する陸自水陸機動団の一隊を援軍として、帰すヘリあるいはオスプレイで島へと送り込む。

それだけではない。いよいよこの守備域での敵との艦隊戦、航空戦へと至れば、味方の僚艦や航空機を一手に指揮、統制する指揮統制艦ともなるのだ。

これらすべての役割を一隻で果たすことができる艦は、昭和の海自には存在しなかった。とはいえ、空母と呼ぶのが不自然なほどの多用途艦であっても、やはり弱点はある。

　第一に艦自体の火器といえば、高性能二〇ミリ機関砲（ＣＩＷＳ）と近ＳＡＭのみである。これらは攻撃兵器ではなく、あくまでも飛来する敵機や敵のミサイルを迎撃して自艦を守る防御兵器にすぎない。

　ＳＡＭはShip to Air Missile（艦対空ミサイル）の略語で、「かが」にはシーラム（SeaRAM）と呼ばれる最新のそれが搭載されていた。

　ミサイルの発射機自体がレーダーやセンサーを備えており、目標の捕捉から発射までを自律的におこなうことができる。そして発射機内には、あらかじめ一一発の迎撃ミサイルが収められており、目標の迎撃に際しては複数の斉射もしくは連続して次々にミサイルを発射して、瞬時に目標を確実に撃ち落とすのである。

　ＣＩＷＳはファランクスとも呼ばれ、口径二〇ミリの六つの銃身を束ねたものを回転させながら連射することで、毎分三〇〇〇発から四〇〇〇発超の銃弾を発射し、まさに銃弾の網を投じて目標となる敵ミサイルを粉砕、撃破する。

　「かが」には、このＣＩＷＳと近ＳＡＭが二基ずつ据えつけられている。理論上は、四方から一発ずつ四発の敵ミサイルが同時に飛来してきたとしても、すべて迎撃できることになる。

　また反応時間が短いことから、敵が同一方向からたてつづけにミサイルを二発、三発と連射してきても逐次撃破できるはずだった。ただそれも、搭載した迎撃ミサイルや弾の数による。

　旧海軍の空母に匹敵するほどの大型艦であるがゆえに、敵機や敵ミサイルの格好の的とされる可能性が大きい「かが」は、ほかにも空からの攻撃への対抗策を有していた。

艦をめがけて飛来するミサイルの多くは、艦が発する熱（赤外線）や電波、あるいはミサイルの側から艦に向けて照射する電波の反射波を頼りとする。そこで艦から離れた上空に、そうしたミサイルを欺瞞（ぎまん）する電波や、熱の放射による自艦の疑似目標を意図的に作りだすことで、そこへと敵ミサイルを誘導するのだ。

「かが」には、そのデコイ（囮（おとり））を発射する装置も積まれている。

「かが」にかぎられたことではないとはいえ、この艦にはそれ以外にも敵機や敵ミサイルをかわす手立てがあった。

――ＮＯＬＱ‐３Ｄ‐１。

敵機や敵ミサイルが発する電波を探知し、これを妨害する電子戦システムの最新型である。

「かが」には、こうした敵のミサイルばかりでなく、敵の魚雷をかわす欺瞞装置も施されていた。

そう、「かが」は敵潜水艦（敵潜）の目標とされる危険性も高い。しかも空母の全周にぐるりと僚艦を配置できるアメリカの空母艦隊と違って、隻数の少ない海自では、ともに事にあたる僚艦は一隻か二隻といったところで、所属する一個護衛隊総出でも、その数はわずかに四隻にとどまる。

米海軍の艦艇数が五〇〇隻超、海軍兵力三二万人であるのに対して、海自は総艦艇数一五〇隻にも満たず、隊員も四万五〇〇〇人ほどでしかない。

したがって中国との有事の際、海自はこの圧倒的な米海軍力の後ろ盾を得て、現状二五〇隻超、二四万人の中国人民解放軍海軍の侵攻を食い止めるすべを構築するしかないのだ。

逆にいえば、二一世紀に入って以降、積極的に力による海洋進出を図ろうと画策する中国ではあったが、太平洋、日本海、そして東シナ海で米海軍が睨みをきかせているため、これまでは実際に火蓋を切るような大胆な行動には至らなかったといえる。

ところが、その差を着々と埋めるべく中国は二〇〇〇年を過ぎて、空母や次世代型のフリゲート艦や潜水艦を次々と建造し、その配備に力を注ぎはじめた。

特に期待されていた晋級、商級といった大型の中国製原子力潜水艦が、きわめて静粛性に劣るということを日米に知られて以降、ロシアのそれに匹敵するほどには静かになった通常型潜水艦の数を揃えることに腐心していた。

海自の潜水艦運用術やASW（対潜水艦戦）能力の高さは、米海軍を驚愕させるほどだが、それでも中国が潜水艦の質量ともに充実させることは憂慮される。

中国との有事の際、仮に海自がASWで圧勝したとしても、中国の潜水艦が日本の商船やタンカー、フェリーを一隻でも沈めるようなことがあれば、日本の世論は政府や海自への非難、厭戦、早期和平へと傾く。そして、犠牲者を出しながらも結局は、日本領の島々が中国の手に落ちるという政治決着を見るおそれがある。

もし週刊誌や新聞の記者から「海自は有事の際に日本の民間船舶を守ることができるのか」という主旨の問いを投げかけられたとしたら、自分はどう答えるべきかと岡崎は考えたことがあった。

――海自のみの現有戦力では、とても有事の際の完璧なシーレーン防衛など約束できない。シーレーン、すなわち海の交通路である。

現役の幹部がネットやマスコミでそうした本音、いや現実を示そうものなら、たちまち冷や飯を食わされることになる。

日本におけるシビリアン・コントロールとは「制服は余計なことを言うな」ということを意味する。あえて模範答弁に至るのであれば、「有事においてはシーレーン防衛についても全力をつくします」ということになるだろう。

しかし岡崎にかぎらず、一定のキャリアを積んだ海自幹部なら誰でも、それは理想あるいは願望であって、現実になしえるものではないということを百も承知している。

といって隻数を増やすことは、国の予算の面でも人材確保という面でも、日本はすでに限界にあるといってもいい。

第二次大戦当時の旧軍は、徴兵によって常備の一〇倍、二〇倍といった兵力を確保できたが、いまの時代にそうしたことは不可能である。そもそも、およそプロとはいえないにわか仕立ての兵をいくら揃えても、現代戦では通用しない。

そうなると、海自の取りうる戦術、戦略はおのずからかぎられてくる。旧海軍のように、あれもこれもというわけにはいかない。

結局、海自が目指すところは、水上艦であれ航空機であれ、潜水艦戦を軸とした部隊編制や戦術の確立ということになり、大型空母の整備よりも対潜ヘリ、哨戒ヘリを有する多用途艦を数多く揃える策をとったのだ。

「かが」も空母化の布石としてではなく、高いＡＳＷ能力を持つ多用途艦として計画され、配備された艦であった。

いまや弾道ミサイル迎撃の能力が付与されたイ

ージス艦にしても、本来はこうしたＡＳＷを実施する個艦や艦隊を敵機から守るための防空艦であり、本格的な航空戦については、あくまでも空自に委ねることになっていた。

それが一部とはいえ、「かが」は航空戦までも可能とする。そのため有事ともなれば、敵潜水艦がまっ先に攻撃目標としてもおかしくない艦だった。

発射したあとは制御できないむかしの魚雷と違って、命中するまで目標をしつこく追尾する現代の誘導魚雷は、目標とする艦が発する機関音を頼りとする。そこで「かが」は、艦の近くで妨害音を発するジャマー（妨害装置）を海に投下したり、機関音に欺瞞したデコイを投じたりして、そちらへと敵の魚雷を向かわせる。

ただ、これらはいずれも防御兵器にすぎない。敵艦や敵潜水艦（敵潜）、あるいは近ＳＡＭの射程外の敵機を探知、捕捉できたとしても、自艦でこれらを攻撃することはできない。

旧海軍の二〇〇〇トン足らずの駆逐艦でさえ、魚雷や爆雷を積んで敵艦とわたりあったり、潜水艦狩りができたりというのに、「かが」のみではそうしたこともできないのだ。

むろん、そうであるがゆえに、敵艦や敵潜を攻撃可能な哨戒ヘリや敵機にも対処可能なＦ-35Ｂを載せているともいえる。

事実、こうした常備の艦載機がなければ「かが」は、前線ではなく後方において補給兵站（へいたん）を担う輸送艦、補給艦、病院船、指揮統制艦でしかなかった。それでも多用途艦としての価値が大きく損なわれるわけではないが、敵にとっての脅威の度が低くなることはやむを得ない。

そう、敵にとっての「かが」の最大の脅威は、複数の哨戒ヘリを運用し、広い海域において効率的で精度の高い対潜水艦戦（ＡＳＷ）を可能とすることなのだ。

しかも新たに載せたＦ‐35Ｂにより、敵はそうした哨戒ヘリを、自分たちの戦闘機や水上艦で撃ち落とすことも困難となる。

それどころか、高いステルス性を有し、ＡＣＭ（空中戦）はもとより、対地対艦攻撃も可能とするＦ‐35Ｂが相手では、敵が単艦で行動しているような場合、ほぼ勝ち目はないだろう。

潜水艦でも戦闘機でも艦でも立ち向かえないとなれば、島を奪取しようにもその手立てがないことになる。

海自の頂点にある海幕（海上幕僚監部）は敵、つまり中国海軍のそうした腹のうちを読んで、この艦（かが）を派遣したに違いないとの思いを岡崎は持っていた。

その一方で岡崎には、敵がそうあっさりと匙を投げるとも思えなかった。

中国人であれ何人であれ、人間というのはたとえ勝算がないとわかっていても、ひとたびやると決めれば、やみくもに事を進めることはめずらしくない。

ましてや社会主義国の中国軍のドクトリンは、陸海空いずれも旧態依然としており、いまだに数頼みの戦術をよしとしている。

勝敗を決するまでの間に、こちらが相手の三倍の損害を被ったとしても、その時点でなお相手をしのぐ戦力が温存されていれば、最後は必ず勝てるという理屈である。

たしかに、仮に単純に開戦前の彼我の兵力差を一〇対三とするなら、初戦で相手の損害が一、こちらが三であったとしても、残存兵力は七対二になる。さらに、二回戦めも相手の損害が一、こちらが三なら四対一だ。

結局、最終戦で同率の損害が生じたとして、戦いが終わった時には、相手の兵力はゼロ、こちらは一となる。それが陣取りゲームならば、たとえ兵力一であったとしても、その地域での勝利がもたらされるというわけである。

しかも、この理屈だと武器にしても兵の能力にしても、必ずしも敵を大きく上まわる必要はない。要は兵の数、武器の数が問題となる。

そして、それには大量の兵士を生みだしうる多くの民を擁する国でなければならない。武器にしても、質より量である。

そのためには国内の分裂を呼ぶことのないよう、反体制勢力については徹底した弾圧と排除が必要となる。それがまさに今日の中国であった。

＊

そんな中国に対して日米は、どうであったか。

まずともに民主主義、自由主義の国である両国において、基本的に徴兵制はなじまなかった。ソ連（ロシア）や中国のごとく兵の数を揃えようにも、限界があったのである。

ベトナム戦争において、嫌というほどそのことを身につまされた米軍は、同戦争が終結した一九七〇年代後半から軍の改革に着手する。

今日のインターネットを生むに至った情報技術の導入に始まり、八〇年代にはＲＭＡ（軍事における革命）の考えが浸透し始め、九〇年代になると組織の再編や効率化、先進兵器の開発がおこなわれるようになった。

そして、二一世紀の大規模な再編（トランスフォーメーション）である。

軍、師団、連隊といった軍特有のそれまでの縦型の編制を大きく見直し、ユニットをベースとする柔軟で複合的な部隊運用をおこなうようになった。

日米同盟を軸とした自国防衛を旨とする日本、そして自衛隊もまたこうした米軍のＲＭＡにならうようにして、効率を重視し、隊員のスペシャリスト化と時代に即応する武器やシステムの開発に傾いていった。

しかし、慢性的ともいえる自衛隊の隊員不足は深刻だった。海自では新型の潜水艦や護衛艦を就役させても、これにあてる隊員が足りないという状況を生んでいたのである。

陸自にしても、はなから即応予備自衛官を常備の部隊の員数、定数として組み込まざるを得ず、それは図らずも有事の際の継戦能力の欠如を意味した。

すでに幹部学校の指揮幕僚課程を修了していた岡崎は、そうした知見も有していたが、だからといって、現場の状況を著しく改善する手立てを有するわけではなかった。現に「かが」のクルーにしても、常に各自がいっぱいいっぱいで、およそ余裕という環境の中にはない。

まだ事態対処が想定の域を超えなかった二〇一七年にも、岸壁に横付けしての一般公開の最中、誘導にあたる隊員の数が足りず、予期しない状況下で見学者が頭を負傷し、病院へ搬送されるという事故が起きている。

グループで艦内を移動していた見学者の男性一

人が、航空機の昇降エレベーターと甲板との間にあけられたケーブルを通す隙間から艦内へと落ちたのだ。

むろん数名の隊員が見学者のサポートや誘導についていたものの、訓練されたクルーならば落ちるはずのない人ひとりが入るかどうかというその隙間には、注意の目が向けられていなかった。

——その場所にクルーの一名でも配置していたら。あるいは、注意喚起の立て看板でも置いておけばよかったのか。

工事現場で使うコーンやポール、テープの類いでも用をなしたかもしれない。

陸自では、いまやそうした自腹を切るようなことがふつうになっているというが、公開の準備作業だけでも多くの時間を取られるなか、事前にそんなものをクルーの手で作ることなどできただろうか。

そもそも塗料はなんとかなるにしても、支柱や段ボール、ベニヤ板といった材料は、どう手配する。いや、当時の艦長、副長にそうした考えがあったとして、予算不足、員数不足をどうすることもできなかったのではないか。

地方隊に艦が配備されていた時代なら、他艦からの応援を要請することもできたかもしれないが、どの艦も人手を欠くいまの時代にそれは難しいだろう。

翌年、当時の艦長と副長の二人が業務上過失傷害により書類送検されたという。岡崎は、もしその時、自分が艦長であったなら、そうした事故を防げたかと自問してみたが、はっきりとした答えを出せないでいた。

平時の予期せぬ事故でさえ、指揮官には強く責任が問われる。有事ともなれば、想定外のことが多く生起されるに違いなかった。

隊内の学校ではケーススタディーもやるとはいえ、未知の状況にどう対処するか、起こりうる問題をどう未然に防ぐかは、その無数ともいえる事例について逐一、答えが示されることはない。そもそも、そんなことは不可能といえる。

陸海空自、いずれも幹部候補生学校が初任幹部の養成を目的とするのに対して、幹部学校は佐官クラス以上の幹部、特に一佐、二佐に対し、将来高級幹部、すなわち将官となった場合に必要とされる見識を付与する。

陸自ではCGS、海自ではCSとも称される指揮幕僚課程はその最初の登竜門である。この上に高級幹部課程などの上級プログラムが存在する。

そういう意味では、岡崎はこの先、なかば将官への道が約束されているといえるが、自身では中央の幕僚の席につくより現場の艦で指揮を執るほうが性にあっているように思えた。

外の人間にそんな愚痴を投ずれば、それならわざわざ難関のコースに進む必要はなかったのではといわれそうだが、それは自衛隊で自分の希望や目標を実現させるには、勉強と試験が不可避であるということを知らないからだろう。

とかく体育会系のごとく思われがちな自衛隊だが、実際には体以上に知力の錬成、頭を鍛えることが求められる。

最下級の二士（二等陸・海・空士）を養成する自衛官候補生の試験に相当する昭和の「一般二士」試験の時代には、きちんと自分の名前と字を書くことができれば筆記は受かると揶揄（やゆ）されていた。

そのかつての一般二士でも、いまの自衛官候補生でも、応募に際しては年齢制限があるのみで学歴が問われていないのは、中学までの基礎学力がありさえすれば、あとは入隊してから自衛隊が面倒をみるということの証しでもある。

　実際、高校での勉強の出来があまりよくなかったような者でも、入隊後の訓練や教育では好成績で課程を終えたり、在隊時に数々の資格を取得したりといったことは、自衛隊ではめずらしくない。

　そもそも陸海空自のいずれにおいても隊員は例外なく、部内でいう「特技（術科）」を取得しなければ、その任につくことができないのだ。

　陸自なら、小銃を手にする普通科（歩兵）の隊員であっても、機関銃のＭＯＳ（モス）（特技）のない隊員は機関銃手にはなれない。海自なら、水雷のマーク（術科）のない隊員が魚雷操作の任につくことはできない。

　ただ隊員が取得するその種の資格の多くは、自衛隊のみで効力を発揮する。

　なかには無線や車両、重機、船舶、ボイラー、電気工事士、航海士等々の国家資格、公的資格を有する者もいるが、原則、隊内の資格は外部では適用されないため、数千トン、数万トンの護衛艦を何年何十年と動かした経験がある航海科の隊員であっても、公的な免許がないかぎり除隊後に民間の商船やタンカーの舵を握ることはできない。

　法律は部内の資格のみでも護衛艦の操艦を可能としているが、陸になると公に認められた大型運転免許がなければ、たとえ自衛隊のトラックであっても、隊員は公道を走らせることができないようになっている。

　あたり前のことだが隊員は、士官、下士官ではない一等海士、海士長といった兵のクラスであっても、その多くが数十億円、数百億円といった艦や航空機の仕事に携わる。中卒あるいは高卒なので自分にはわかりません、できませんでは、末端の兵であっても務まらない。

いまでは下士官を養成する曹候だけでなく、学歴不問の自衛官候補生でさえ大卒の志願者がめずらしくない。ただ、コースに関係なく自衛隊の受験で重視されるのは、最初の筆記以上に身体検査と人物考査、そして適性検査の三つである。

職種学校（陸自）、術科学校（海・空自）といった隊内のいわば専門学校、各種学校の教育システムが整備されている自衛隊では、基礎的な素養さえあれば、あとは本人の努力次第で必要な技能（特技）は逐次、習得することができるようになっている。

それよりも志願者が自衛官として適しているか、自衛隊という組織に適した心身の持ち主かが、自衛隊の側では知りたいのだ。

それは、岡崎が出た防衛大学校（防大）や防衛医科大学校（防医大）、そしてかつては少年工科学校と呼ばれた高等工科学校にしても同じだ。昭和の時代には、学力よりもむしろ人間性が重視されていたことを、岡崎はよく先輩の自衛官らから聞かされた。

もっとも、人物重視の試験をおこなっても、やはり度しがたい隊員は出現し、なかには組織の名を汚すような者もいる。

しかし平成に入り、国際貢献や災害派遣等で自衛隊の評価が格段に高まると、昭和の頃とは違って、志願者の学力も次第にあがってきた。

自衛隊の側も筆記はそこそこでも、というわけにはいかなくなった。かつて下は五〇台のなかばでも合格できたとされる防大の受験偏差値にしても、合格ラインは軽く六〇を超えており、いまや難関国立大並みになっている。

——たしかに学習能力に優れた隊員は増えたように思うが、むかしよりスマートさが身についた隊員も増えているかというと、どうもそうではないような……。むしろ逐一指示されなければ動けない、動かないといった若い隊員が目立つように思えるが、これもたんに自分の年かさが増したからなのか。

時代に関わらず、「戦いは人である」というのが岡崎の信念であった。

いかに優れた武器やシステムを擁していても、それを扱う兵が二流三流では意味をなさない。一流の兵を揃えるということは、それを指揮する士官にも一流の者が求められる。

平成の自衛隊が目指したのは、まさにそれだった。数の劣勢、慢性的な予算の不足、法による異常なまでの手かせ足かせの中でも真に機能する組織となるには、武器も隊員もその質で勝負するしかない。

それでも、なお課題は残る。

護衛艦のクルーであっても社会人、すなわち生活者であることに変わりはない。それゆえシャバ（世間）の人間同様、ほとんどの隊員がそれぞれに大なり小なり個人的な悩みや問題を抱えているが、そうしたことに任務が影響されるようなことがあってはならないのだ。

何人もの隊員が、恋人や嫁と別れたからと自棄（やけ）になって持ち場を放棄したり、深酒でもして職責が果たせなかったりということでは、艦はたちまち機能しなくなる。

あるいは、女性やギャンブルがらみの借金から抜け出せず、艦が接岸した岸壁にまで借金取りがやってきて、上陸先から艦へ戻るに戻れない。反対に上陸しようにもできないという若い隊員がいるようなことも、数が多くないとはいえ、艦長の岡崎もこれまでたびたび耳にしたことがある。

映画やドラマでは雄々しく戦う兵の姿が描かれるが、描かれることのない生の人間の姿が、現実の艦の中にはある。

上に位置する者は、そうしたことも頭の片隅において指揮、指導にあたる必要があるが、艦長といえども、五〇〇名超のクルーすべての私生活を把握することなどできない。

そのために、昭和の時代には艦の主（ぬし）とも呼ばれたCPO（先任海曹）が、平成そして令和のいまでも、どの艦にも配置されている。いまでは先任伍長との正式な補職もつき、クルーの生活態度を把握し、艦の治安や規律の維持に目を光らせている。

だいたい、他の範となるような熟練の海曹長（曹長）や一等海曹（一曹）だが、海曹士だけでなく階級が上の幹部さえも敬意を払う存在である。

この先任には、艦の先任伍長たる最先任のほかに、各科各部署ごとの先任もいる。こうしたお目付け役らによって艦の規律や風紀は維持されている。

「若い乗組員の中に、これは目下のところ海士ということに限定してよいと思いますが、どうも海士の一部に、あまり好ましいとはいえない言動に至る者がおるようです。

近日中といった急な対応が必要とは思えませんが、いちおう艦長のお耳にと思います」

「かが」で、その先任伍長である高梨曹長が数日前、出港準備を進める中で語ったことが艦長は気になっていた。

万一、日本も当事者となる有事状況が発生するなら、その前に艦を降りたほうがいいのではないか、自衛隊は戦わないために存在するのだから自衛隊を辞めるべきではないかなど、不穏な話を艦内でおこなっている者がいるというのだ。

旧軍が軍隊内の臆病風を徹底して嫌ったのは、士気の乱れを惹起するためだけではない。それが敗戦をも招きかねないような無用な推測を広く伝播させるおそれがあるからだった。

現にそうした史実が存在することを岡崎は知っていた。

現在の史家の中には、日露戦争の勝敗を決したのは後世よく知られる日本海海戦（一九〇四年五月）ではなく、陸戦、すなわち奉天大会戦（一九〇四年二月・三月）であったと説く者もいる。

これまで奉天大会戦について、結果的に日本軍が奉天を占領したものの多大な犠牲を出すことになり、敗走するロシア軍の追撃もままならず日露の勝敗は海の戦い、日本海海戦まで持ちこされることになったと、否定的な見方がなされてきた。

三二万のロシア軍と二五万の日本軍。奉天の戦いで、数的にも地勢的にも有利であったはずのロシア軍が敗走した大きな要因は、ロシア軍総司令部の戦況の見誤りが指摘されている。

司令官のクロパトキンは、司令官着任前には陸軍大臣として開戦前の日本を訪れ、非戦の立場をとっていた人物である。政治家としては有能でも、もともと軍人としての資質（指揮・統率能力）が疑われるような人物だった。

クロパトキンのこの消極的姿勢は奉天大会戦でも如実に示された。一か月前の黒溝台の戦いで疲弊していた日本軍に対し、本来大攻勢をしかけるはずのロシア軍はその実施に遅延を重ね、逆に日本軍に反撃のための時間を与えることになる。

さらに、日本軍の第三軍による陽動作戦を主攻と信じたクロパトキンは、そこに多くの部隊を投じて、いたずらに兵力の損失に至る。

この状況にロシア軍の前線では、兵たちの間でありもしない噂や臆病風が吹きまくった。そして、日本軍の小部隊による追撃さえも大部隊による攻勢と思いこみ、北へ北へと退くことになった。

激戦の戦場で死の恐怖に慄くロシア兵たちの勝手な憶測や風評が、奉天を放棄して敗走するという状況を生んだのだ。

この奉天大会戦の結果を受けて、まだ日本海海戦を迎えていなかったこの時、すでに日本政府や軍部は早期講和の準備を進めており、実際、四月の時点で講和条件についての閣議決定もなされていた。

――人は自分の命にかかわるような極度な緊張やストレスにさらされると、正常な思考や判断ができなくなることがある。それは明治のむかしもいまも変わらない。

岡崎は、そう思う。

自衛隊の訓練で、教官が訓練生に向けて罵声を浴びせかけたり怒鳴ったりするのも、ただたんに強制することが目的ではない。

訓練生が緊張やストレスで混乱する頭を、それでもなお適切な判断へとみずから導くことができるようにするためだ。武道で多用される「平常心」という語は、自衛隊でも常用されている。

敵の不意の奇襲を受けてパニックになったまま小銃を撃てば、弾は敵に当たらないどころか、近くの味方に当たりかねない。

　岡崎は「部下が慌てふためくような異常事態の時こそ、幹部は平常心を忘れるな」という幹候校時代の教官の言葉を、常に頭に入れていた。

＊

「高速で飛来する目標、一、二七〇度、距離二〇〇マイル（約三七〇キロメートル）、IFF（敵味方識別）応答なしっ！　アンノウン（識別不明）」

　電測（レーダー）員からの突然の報告を受けて哨戒長が答えた。

「哨戒長、了解。ただいまの目標をアルファーとする。このアルファー目標の解析、測的、急げ」

　測的、すなわち目標の移動方向や経路、機動、速度、電波強度、大きさ等を割り出して、それが航空機なのかミサイルなのか、あるいはその他の飛翔体なのか。その答えをすぐに送れということだ。

　艦長には、哨戒長が即座に解析結果が出るであろうことを期待し、その結果を受けて次のリコメンドに移るのであろうことがわかった。

　IFF応答がない時点で、陸海空自所属の機ではないことのほか、すでに民間機の可能性も排除していることになる。

　おそらくは航空機、それも他国の軍用機かミサイルのどちらかであろう。

　だが昭和の時代には、陸自の高射機関砲が味方空自の輸送機を、レーダー網をかいくぐって侵入してきたソ連の大型機と誤認し、あやうく撃ち落としそうになった例があることを艦長は知っていた。

　昭和五一年（一九七六年）九月に発生した「ミグ25事件」である。

　東西冷戦時代、アメリカほか西側諸国は東側の雄、ソ連の最新鋭戦闘機ミグ25について、その存在自体は把握していたものの、詳細な形状や性能に関する情報は一切入手することができなかった。

　それがある日、棚からぼた餅のごとく、日本において得ることができたのである。しかしこの時、自衛隊はそれと引き換えに、世界に向けて致命的な欠陥をさらすことにもなった。

　九月六日、ウラジオストクから訓練飛行で飛びたったソ連空軍のヴィクトル・ベレンコ中尉が搭乗するミグ25は突然、予定のコースを外れただけでなく、低空飛行へと移り、北海道へ向けた針路をとりはじめた。

　のちの調査で判明した中尉の目的は、機体あるいは身体の異常による緊急着陸、日本への偵察、侵攻、防空能力の分析といったことのどれでもなかった。あろうことか、個人的な欲求、それも米国亡命という驚くべきものだった。

　当初、空自は日本領へと迫るこの目標をレーダーで捕捉していたものの、目標はさらに低空域へと移行したのか、突如スコープからロスト（消失）してしまう。

　すぐスクランブル（緊急発進）によって当時の空自主力戦闘機F‐4EJが対処に向かう。これもいったんはミグ機をレーダーに捉えたもののすぐにロストし、やはり超低空を行くミグ機の目視、発見には至らなかった。

　当時すでにF‐4EJは、自機の下方に位置する目標も捉えることができるルックダウン能力の高いレーダーを備えていたにもかかわらず、目標が地表面に近い場合には、地表からのレーダー反射によって識別が困難だったのだ。

第二次大戦後、三〇年を過ぎ、軍備拡大に邁進するソ連の脅威にさらされているとはいえ、自衛隊は米軍の後ろ盾を得て、その新たな脅威への備えにもある種の自信を有していた。

空自は中高空の敵機を迎撃できる地対空誘導弾ナイキJを、陸自は中低空の敵機に対処する地対空誘導弾ホークを、そして海自は艦対空誘導弾ターターを装備した護衛艦を保有していた。

だが結果的に、自衛隊はミグ機をロストしたまま、同機の函館着陸を許してしまった。北海道への侵入を試みたベレンコ中尉が、事前にこうした自衛隊の穴、欠陥を知っていたとすれば、ソ連空軍は容易に日本へ攻め込むことができるに違いない。

——ソ連軍特殊部隊によるミグ機奪還のおそれ!

しかし、日本政府や自衛隊に真に激震が走ったのは、米軍からこの報せが入った時だった。

ミグ機の日本着陸がアクシデントであるとしても、ソ連軍の当時トップ・シークレットともいうべき同機を、ソ連がみすみす日本やアメリカの手に渡すはずがない、と。

その手段として日米が想定したのは、潜水艦等を使って特殊部隊や工作員、ミグ25パイロット等を海から上陸させる。あるいは、一般の外国人ツアー客を装った少数の部隊が函館空港に入る。さらには、民間機を装った輸送機で函館空港に強行着陸もしくは空挺奇襲に至るというものだった。

奪還が無理であったとしても、手榴弾やＲＰＧ

（対戦車ロケット弾）、機関銃等でミグ機を破壊して、せめて日米による機体調査を不可能にしようと試みるであろうとの、たんなる憶測ではなく、たしかな情報を米側が得たというのだ。

いずれにしても、そうした作戦を支援するために限定的ながら複数の戦闘機、攻撃機を随伴させる可能性もあったことから、北海道の海空自のほか、真駒内（札幌）の陸自第一一師団（当時）も函館空港周辺での警戒と迎撃の準備体制を敷くことになった。

この時、隷下部隊の戦車や普通科（歩兵）の隊員のほか、特科のL‐90（三五ミリ二連装高射機関砲）も布陣することになる。これはレーダーによる捜索と照準ができる機関砲で、最大射程は五キロメートルにも達し、機関砲としては驚異的な命中率を誇る。

短日間でこの方面の陸海空の防空連絡網を築いた自衛隊は、L‐90よりも探知域の広い空自のナイキや陸自ホークのレーダー情報も函館の部隊がリアルタイムで入手できるように万全の体制を整えていた。

「函館上空に識別不能の目標、三機」

実際、九月一一日の午後、函館から二〇〇キロメートル以上離れたホーク部隊が、三機の識別不明の目標を捕捉したことを伝えてきた。

ほぼ同時に、L‐90のレーダーもそれらしき三目標を捕捉し、現地部隊でも司令部でも、ソ連機襲来の気運は一気に高まった。

L‐90ではIFFによる識別はできないが、ホーク部隊が識別不能の目標として報せてきたことからソ連機に違いないとの思いが、隊内を席巻することになった。

この目標への対処は、函館空港近くに布陣した特科連隊のL‐90があたることになったが、砲の熟練の指揮官は冷静だった。

目標は、いまだ彼我の識別が不明であり、ソ連軍機であると確認できていないことから、まず曳光弾による点検射をおこない、観測班からの目視確認の報を待った。

むろん「撃て！」と命じれば、いまかいまかと額に汗をにじませた射手は、次に焼夷弾を放つ。少なくとも三機のうちの一機には命中するに違いなかった。

目標は三機とも、函館空港へじりじりと迫っていた。ついに観測班からの報が入る。

「目標、空自機。目標は航空自衛隊機です！」

いったん緊迫の度は下がったものの、それでもIFF応答を可能とするホーク部隊が、なぜ味方機ではなく識別不能の目標と判断したのかが司令部では問題となった。

陸自内には空自の緊張感のなさをなじる者もいたが、この輸送機の飛行隊には、ソ連軍の奇襲を警戒して陸自部隊が函館にひそかに布陣していたことなど事前に知らされていなかった。

反対に、陸自の司令部に常駐する空自の連絡員にも、同日の空自輸送機の函館着陸の報は入っていなかった。

そのため、空自のこの飛行隊は通常の飛行訓練と人員輸送を兼ね、運悪くダミーによるレーダーの識別訓練を実施した。この時のダミーとは標的機ではなく、電子的に表示される疑似目標である。

その結果、陸自のホーク部隊も、スクリーン上のダミーを捕捉してしまった。

ダミーゆえに当然、この目標にIFFを投じても応答するはずはない。一方、ＩＦＦを備えていないＬ‐90のレーダーは、ほぼ同時刻に実機（空自輸送機）を捉えていたのだ。

偶然のいたずらとはいえ、一歩まちがえば大惨事となるのはもちろんこと、政府の防衛出動も下令されていないなかで部隊を布陣させ、あげくの果てに味方を誤射するというざまでは、国民にその後の自衛隊の存在すらも否定されかねなかったのだ。

その重大な危機を封じたのは、冷静に状況を見極めた一人の小隊長だった。ただ事が事だけに、この事実は長らく国民に知らされることはなく、明るみに出たのは昭和を過ぎて平成になってからであった。

岡崎艦長は尉官の頃にその話を聞き、もし自分がＬ‐90の指揮官であったらと思うと、ぞっとせずにはいられなかった。

実際、岡崎が乗る艦ではなかったが、海自の護衛艦一隻は、かつて米海軍との演習の際に、米軍機一機をＣＩＷＳで誤射して撃墜した「前科」がある。

副長、艦長になる前、岡崎は艦の砲雷長を務めていたが、火器を使うということは、たとえ相手が敵であっても少なからず他人の命を奪うということと無縁ではない。それだけに訓練であっても、慎重のうえにも慎重にとの思いを艦長は有していた。

＊

「アルファー目標、的針変わらず。二七〇度、距離一五〇マイル（約二八〇キロメートル）、本艦に向けてまっすぐに飛来してくる。

的速七〇〇ノット（時速約一三〇〇キロメートル）、航空機と思われる」

的針は目標の針路、的速は目標の速度である。マッハ1を超える高速だが、いまのところ艦のシステムや電測側では、ミサイルではなく航空機と分析している。

ただ、いまだに彼我の識別ができていないことに変わりはない。

――この速さだと、あと一二、三分で本艦に達することになる。だが、これがもし敵機なら一〇〇キロメートル圏内でASMを発射してくるかもしれない。彼我がその距離に達するまで、あと一〇分、いや一〇分を切るくらいか……。

その計算は、艦長のみならず哨戒長や他のクルーの頭にもあるはずだ。

ただ、仮にこの時点で敵機と識別できても、こちらには対抗手段がない。

いま命令すれば、すでに出港時から準備を整えているF-35Bを五分とかからずデッキにあげて発艦させることもできるはずだ。だが、目標が敵機かどうかはっきりしない段階では、無用なリスクを招きかねない。

戦争映画なら、作り手に都合よく容易に発艦させることもできるだろうが、実際の発艦作業は艦載機をエレベーターに載せ、飛行甲板にあげて即発艦というわけにはいかない。

ゆうに一〇を超えるプロセスを一つ一つクリアして、初めてエア・ボス（飛行長）からの発艦許可がおりる。艦長といえども、艦載機の発着艦については、エア・ボスの指示や判断を無視することはできない。

いや、そうした万全の体制を整えても、航空機の発着艦には大きな危険がともなう。戦中はもちろんのこと、戦後から今日に至るまで大小各種の空母を運用してきた米海軍でさえ、数度の事故を経験している。

機の誘導員、兵器の武装員、消火員、安全員等々、発着艦作業では各科の多くの甲板員が飛行甲板上を行き来する。そのうちの一人でも、エンジン始動中に吸気口の近くにうっかり立つようなことがあれば、たちまちその中へと吸い込まれる。

むかしのコントにでもありそうな話だが、実際にかつて米海軍の空母では、夜間の発着艦作業中にそうした事故が起きている。

あるいは、逆に排気口の近くに人がいて、その際にエンジンが始動されることがあれば、高温高圧のブラスト（燃焼ガス）によって吹き飛ばされるか、最悪、焼け死ぬようなこともあり得る。

ベトナム戦争さなかの一九六七年七月には、ベトナムのトンキン湾に進出した米空母「フォレスタル」の甲板上で、艦載機に搭載されたロケット弾が安全回路のショートによって勝手に発射してしまうという事故が起きた。

ロケット弾は別の艦載機に命中。その際の火災によって、兵装中の他の爆弾が次々と誘爆したことで大火災に至っている。結果、およそ二〇〇名もの死傷者を出して艦は作戦を中止、修理のため帰港せざるを得なくなった。

「フォレスタル」は敵機の攻撃こそ受けなかったものの、発艦作業中の事故によってそれに匹敵する損傷を負い、戦線から離脱することになったのだ。

岡崎艦長は、この「かが」において絶対にそうした事故があってはならないし、自分が艦長であるかぎり起こさない、起こさせないと堅く決意していた。

アルファー目標の捕捉から五分が過ぎても、艦長は逐次電測からあがってくる目標の動きを把握するにとどめた。哨戒長の「F‐35、発艦させます」とのリコメンドにも「発艦待て」と返すだけで、動じなかった。

——目下、本艦で捕捉している空の目標は、この一点のみだ。航空機かミサイルかははっきりしないが、万一、これが陽動のための疑似目標なら、敵機は単機か、せいぜいエレメント（二機編隊）で、ASMを放ってくるにしても、おそらく一、二発といったところだろう。それに、この目標が航空機ではなくミサイルであったとしても、どのみちCIWSとSAMで対処しなきゃいかんことに変わりはない。それより、現時点でIFF応答がないからといって、簡単に敵機と判断するようなことこそ気をつけなければならない。

こういう時にこそ、艦長の自分がどっしりと構える必要があると、岡崎は自分に言い聞かせた。そして、クルーからの報告を一言一句、聞き漏らさないように集中した。

「アルファー目標は米軍機、シングル（単機）」

目標が「かが」まで一分という距離に迫った時、電測員がそう発した。

CIC内が一瞬小さくざわめいたが、すぐに哨戒長が報告してきた電測員に、米軍機にまちがいないか問い返した。

「目標、米軍機にまちがいなし。リンクを確認」

電測員が答えた。

その瞬間、CIC内にはクルーたちの安堵というよりは、むしろ「敵じゃなかったのか、くそっ！」とでも言いたげな雰囲気が席巻したように岡崎には感じられた。

ＩＦＦや艦のレーダーだけでは正体を把握できなかった目標が、データリンクによって米軍機であることが判明した。もう少し早くリンクがあがってきていたらと思うが、いくらシステム艦といえども、そうそうクルーの思惑どおりにはいかない。

その米軍機は朝鮮半島から発進したＦ－35Ａと思われた。ステルス機はレーダーで捕捉できないという話は、世間では簡単に受け入れられても、軍事のプロの間では与太話や戯言(ざれごと)にも等しい。

ＩＦＦにしても映画や小説の世界では、それが彼我識別の完璧な装置のごとくに描かれるが、実際には識別のための解析材料を得る手段の一つでしかない。いや、有事の際にそんなものだけで敵味方の区別がなされるようでは、おそろしいかぎりだ。

この米軍機も、ＩＦＦ応答を意図的に避けたのであろうと艦長は思った。

ステルス機はみずから電波を発信すれば、それだけ敵に探知される可能性が高くなる。もし「かが」が米軍機からＩＦＦの暗号のかかった応答信号を受信できたとすると、敵艦や敵の基地もその暗号の中身まではわからないとしても、なんらかの電波が発信されたことを知る可能性がある。

お人よしでまじめな気質の日本人が乗る空自機なら、お決まりどおりに信号を返してきたかもしれないが、アフガン、イラク等で幾多もの実戦を経験する米軍機なら、中国軍の裏をかくために味方である自衛隊の裏をかくこともあり得るだろう。

艦長の岡崎は、はなからそうした米軍機の可能性についても頭に入れていた。

　Ｆ‐35はＡ、Ｂ、Ｃどの型の機種も特殊なレーダーを載せている。従来の機と比べて、自機から電波や無線を出しても探知されにくくなっているものの、隠密飛行に徹するのなら発信は極力避けたほうがいいに決まっている。

　一方で、そうしたステルス機の特徴を利用して、敵を欺瞞することもできる。意図的に電波を発信し、あえて敵のレーダーに探知させることでステルス機ではないと思わせて、敵に近づいたところで突如消えるのだ。

　すると、レーダーで捕捉していた敵の側は、それがレーダーの異常なのか、あるいはなんらかのトラブルで墜落し、ロスト（消失）したのか。それとも疑似目標であったのかと、判断に迷うことになる。

　そうして敵を混乱させておいて、Ｆ‐35はステルス・モードでそれまで敵が捕捉していた位置や予測される軌跡から離れたところへ移動し、あらぬ方向から攻撃をしかける。

　――偵察か、警戒か、それとも……。

　半島から飛来した米軍Ｆ‐35Ａの目的については岡崎には知りようもなかったが、それが今回の中国軍の蠢動（しゅんどう）に対するものであろうことは容易にうかがえた。

　ただ、中国軍の機先を制するための牽制なのかどうかまでは岡崎にも読めなかった。

　いずれにしろ、目標の正体は明らかになりはしたものの、かなり離れているとはいえ「かが」のスクリーンには依然として脅威度が著しく低い目標、すなわち民間の大小さまざまな船舶や航空機が表示されている。事故や衝突の回避に注意を向けざるを得ないことに変わりはなかった。

むろん、真の脅威の出現もありうる。とても気の抜ける状態ではない。

そうした状況にもかかわらず、事は起きたのだ。

＊

グーンともゴーンともつかぬ聞きなれない鈍い音が艦底のほうから響くと同時に、二万六〇〇〇トンの巨体がわずかに揺れる感じがした。

艦長が「なんだ！」と思ってから、一〇秒と経ずに報告があがってきた。

「ＣＩＣ、ＣＩＣ。機関室、火災、火災。火災の発生場所は機関室。ガスタービン・エンジン二基より出火」

機関室からの報告に哨戒長が即座に応じた。

「機関室、ＣＩＣ。火災、了解。艦長、機関室、火災発生、初期消火作業をおこないます」

「はい、かかれ」

艦長が許可すると、哨戒長はすぐに的確な指示を出した。

「機関室の火災、ただちに初期消火をおこなえ。応急班、応急作業にかかれ」

有事か平時かにかかわらず、艦内の突発的な事態については、まずその場所を特定し、即座にダメコンとも略されるダメージ・コントロール（応急作業）を優先させる。

原因の特定は、必ずしも先である必要はない。とにかく、初期の段階で問題や損傷を最小限にとどめるのが大事なことを、海自の隊員なら年齢、階級に関係なく、みな承知している。

そしてこうした時にこそ、日頃の訓練の成果が発揮されることになるのだ。

岡崎艦長は、火災は鎮火に至ると確信していたが、しかし、なぜガスタービンが一基ではなく二基同時に火を吹いたのかと訝しく思った。

「かが」の四基のガスタービンLM2500は、もとは航空機用のそれを船舶向けに開発したものだ。アメリカのGE製で、日本のIHI社が保守をおこなうきわめて信頼性の高いもので、突然故障するとはとうてい思えなかった。

といって、機関長をはじめ機関科の幹部や科員の練度が低いことによるヒューマン・エラーとも考えられない。

「CIC、応急班長藤田一曹。状況、火災はB火災（油火災）、初期消火失敗、火勢は依然として衰えない。応急班および機関科員は、機関室から応急指揮所へ後退する」

哨戒長が返した。

「応急指揮所、CIC。B火災、初期消火失敗、了解。現状、負傷者について知らせ」

「現状、死者、負傷者なし、行方不明者なし」

これを受けて哨戒長は艦長へと報告し、さらにリコメンドした。

「艦長、火災はB火災。火勢は衰えず、現状、死者、負傷者、行方不明者ありません。応急班は応急指揮所へと退避しました。これより機関室、ハロン発動します」

「了解、機関室、ハロン発動せよ」

ハロンとは、二酸化炭素のガス（ハロンガス）のことだ。

艦内火災を想定している護衛艦内では、各所に二酸化炭素のガスを遠隔操作で放出可能なパイピング（配管）がなされている。このガスを意図的に閉鎖した特定の区画内に充満させることで、空気中の酸素を断って瞬時に消火する。

ただし、ハロンガスは酸素供給可能なマスクを着用していないかぎり、人も窒息させて死に至らしめる。消火を企図する区画内に、万一意識不明の隊員や負傷した隊員が取り残されているようなことがあれば、火災は鎮圧できても死者を出すことになる。

艦長が期待したように訓練の成果は見事に発揮された。二基のガスタービン・エンジンの火災は、報告から三〇分と経たずに鎮火されることになった。

しかし二基ともに損傷は大きく、機関長は帰港して修理を要する旨を告げてきた。

「かが」にエンジン出力用の四基のタービンが搭載されているのは、戦闘などで仮に四基のうちの二基が使えなくなったとしても、残る二基で所要の出力が得られるからだ。

機関長は、これが使えるうちに港に戻り修理をすべきと、進言しているのだ。

二基一組でスクリューをまわすシャフト（軸）一本とつながっているが、通常の巡航時には二基のうちの一基しか用いず、戦闘等で高速を要する時にのみ二基をフルに稼働させる。

結局、計二組で左右それぞれ一本ずつシャフトをまわすことができるため、左右どちらかのタービンが二基ともダウンしても、航行や戦闘時の運動について理論上は問題ないことになる。あるいは、左右一基ずつ使えない状況であってもそれは同じなのだ。

火災の原因はわからないものの、事後の運航に問題はないはずだった。

応急班長から一連の報告を受けたあと、艦長は一時間ほどして機関長を呼ぶことにした。

原因究明に時間を要することは理解していたが、機関室の片づけや修復に忙しいだけでなく、機関室内に不穏な空気があるとの情報を、艦長は応急班長から得たからだ。

「これが平時の訓練であれば、私も訓練の続行は可能かと思います。しかしこの先、実戦のおそれが大であるとすれば、戦闘の結果、最悪残る二基も失われた場合のことを考えると、本職の立場としては責任を持てません。

しかも今回の火災には、それ以外にも重大な問題があります」

艦長に呼ばれるかたちで事態の報告に訪れた機関長が、ただエンジンの管理者としての自責の念に駆られてそう発しているのではないことが艦長にはわかった。

――宮古島・佐世保間は、およそ一〇〇〇キロメートル。第二戦速（約二一ノット・時速約三七キロメートル）なら一日と数時間で帰ることができる。その間に佐世保のドックには業者のエンジニアらもやって来て、「かが」の佐世保着と同時に修理可能か、あるいはエンジン・モジュールの交換になるかの判断をくだすに違いない。問題はその後、どれくらいの時間で復帰できるかだ。

ガスタービン・エンジンは、ディーゼルや蒸気スチームの旧型艦のエンジンと違って、軽量でコンパクトなことから比較的容易に交換できると聞いてはいる。二日もあれば十分なようだが、起工した横浜の港へ艦を回航する必要があるのか、あるいはモジュールを佐世保まで運んでくるのか、それによっても違ってくるだろう。

とにかくこんな時だから、たしかに早く修理して復帰しないといけないわけだが……。

そうであるにしても、いまの艦長には機関長の言う「重大な問題」がなんなのか気になった。

「それ以外？　重大な問題というのは？」

「まだテロとは断言できませんが、その可能性を否定できません」

――なにを言っているのだ！

岡崎艦長は絶句してのけぞりそうになったものの、懸命にそれを堪(こら)えると、いくらか目を見開いて機関長に続きをうながした。

「艦長、申しわけありません。理由は、まだはっきりと聞き出せていませんが、どうもうちの科員の一名が、意図してエンジン破壊をおこなったものと思われます。二任期めの海士長ですが」

どういうことなのかまだのみ込めなかったが、艦長は怒りが込みあげてきて語気強く訊ねた。

「誰なんだっ、そいつは！」

「はい、ガスタービン員の西村士長です」

「西村あ？　契約更新までしてる海士長が、なんでまたそんなことを……職務放棄ということか？　それとも嫌なのかこの艦(ふね)が、その海士長は」

「それが、どうも女が関係しているようなんですが、本人の口が堅く……。やらかしてるところを見つけた海曹の一人に制止される際、二、三発殴られもしたようですが。

事情聴取にあたっている高梨曹長の話ですと、佐世保の飲み屋で知り合ったアジア系外国人の女と関係して、何度か金ももらっているようですが、それが今回やらかした理由かどうかは、まだ直接本人の口からは……。まあ、おそらくそうだとは思いますが。

ただ、エンジン二基に燃焼ガスが漏れるように工作したことは認めているようで、本人もまだいくらか興奮気味のようですが『馬鹿なことをしました』『すみません』といったようなことを、先任には語っているようです」

「外国人、そして女に金か。むかしあったアレと似てないか？　あのー、なんていったか、ほら、カルトのテログループがいただろう。サリンだ、サリン撒いた連中。あの時は空挺やらなんやらの陸さん（陸自）が、だいぶ取り込まれたとか取り込まれてないとかいう話だったが」

「ありましたね、そんなことが。たしか九五年の春です。その年の一月に阪神大震災がありましたから。それに近年では、北朝鮮の金ファミリーのＶＩＰの殺害、あれもアジア系の女性が関与していたかと思います。

工作員だったのかどうかは知りませんが、北かどこかの工作機関と関係があったことはまちがいないでしょう」

「要するに、その海士長も北の女工作員に乗せられたってことか？　ハニートラップとかいうやつか？　まさか韓国ということはないと思うが」

艦長が少し含みを持たせてそう言うと、機関長が応じた。

「いえ、韓国、北朝鮮の関与については、まだなんとも申しあげられません。あくまでも推測、可能性ということでしたら、このタイミングでやらかしているわけですから、中国ということも考えられないことはないと思います。

あるいは、ただ本人が実戦を嫌がってやらかしたことかもしれません」

「そうか。とにかくこのままじゃあ、らちがあかんということだな。それで、司令部にはざっとした報告はすんでいるけど、警務隊、警察関係には、あんたのほうからもう連絡したのか」

「いえ。事が事ですので、ある程度まとまった話を艦長に申しあげてからと、そのように判断しました。

マスコミのこともありますし。司令部のほうも警務隊等への連絡は詳細を得てからというふうに考えているようですので、私としては艦長にご一任申しあげたいと思います」

「うむ、それでいいけれど、もちろん本人もそのへんのことは理解しているのだな」

「はい。直接は先任の高梨曹長が事情を聴いておるところですので、詳しくは曹長に報告させたいと思いますが、よろしいでしょうか」

「わかった。それでは高梨さんに来てもらってくれ、至急」

＊

機関長が艦長室を出てから五分と経たずに、先任海曹の高梨曹長がやってきた。

「艦長、高梨曹長、入ります」

「どうぞっ！」

有事の際に万一、幹部が全員指揮を執れなくなった場合には、艦を預かることにもなる熟練の海曹士トップである。

現場を目撃した海曹のごとくには「犯人」を殴るようなことはしていないと思うが、それでも念のため艦長は訊ねた。

「その海士長だけど、ケガをしたり、ほかの隊員から私的な制裁を受けたりってことはないね」

「はい。現場で他の隊員が制止する際に揉みあうなどしてあちこちぶつけたかもしれませんが、見たかぎり血を流したり骨折したりといったケガはありません。

すでに抵抗のそぶりを見せておりませんので拘束はせず、海曹二名を監視につけております」

艦長は、海自で自分と同じかそれ以上の長きにわたりメシを食ってきた曹長の言葉の言外の意味を察すると、次の質問へと移った。

「なるほど……で、どう？　ふつうに話ができる感じなのかな」

「最初は興奮して狼狽もしておりましたが、目下は落ち着いて、受け答えのほうも、はっきりとしております」

艦長は、それからいくつか訊ねるようにして高梨曹長からひととおり情報を得た。そして、相手にはっきりとそうわかるように納得した表情をしてみせた。

「わかった。警務隊に渡す前に一度、私のほうからも話をしておきたいので連れてきてください」

艦長のその弁に熟練の曹長は、きらりと目を光らせると「わかりました」とだけ返事をして戻った。

連れて来る前に、曹長が問題の海士長になにやら言い聞かせているのか、あるいは本人がこの面会を嫌がっているのか、今度は少し時間がかかった。それでも一〇分と経っていないはずだった。

「艦長、高梨曹長ほか二名入ります」

「入れ」

艦長が許可すると、曹長は機関科の二等海曹（二曹）とともに問題の士長を連れて艦長室に入ってきた。

「しばらく彼と二人だけで話したいので、すまないけれど曹長と二曹は、呼ぶまで近くで待っていてもらえないだろうか。一〇分かそこらですむと思うのでね」

「了解しました」

　実際に犯行のぬしを前にして、艦長は「おまえは、オレの艦にいったい何をしてくれたんだ！」との憤りがふつふつと湧きあがった。一瞬、眉をくもらせてはみたものの、その感情をぐっとのみこんだ。

　曹長らが退室するのを待ってから、艦長は今度は相手を睨みつけるのではなく、父親のような眼差しを向けて反応を見た。

　さすがに緊張してはいるのだろうが、二十歳過ぎの若い海士の目の奥に、まだきらりとした光があるのを見てとった艦長は、穏やかに、しかし威厳のある口ぶりで訊ねた。

「『失敗のチカラ』（かざひの文庫）って本、読んだことあるか」


兵クラスでは最上級の士長とはいえ、自分の娘とそう変わらない歳くらいの若いその隊員は、一度「えっ」という表情を浮かべたあと、少し間を置いてから答えた。

「いえ、ありません」

「そうか。海の少年術科学校（少術校）はだいぶ前になくなったようだけど、海士とはいえ、あんたも二任期六年か？　それだけ勤めていれば、陸のことでも少年工科学校（少工、少工校）、いまの高等工科学校の名前くらいは知っているだろう？」

　本来は陸上自衛隊の技術下士官の養成校だが、中卒で入校して高卒の資格が取得できる高等工科学校（高工、高工校）は、卒業後は多くが陸自の職種学校へと進み、部隊実習を経て三等陸曹へと昇任する。

その三曹昇任後、四年を経過をすると、幹候校への受験（部内幹候）が可能となる。

これとは別に防大や防衛医科大、海空の航空学生といった受験資格に高卒の学歴を要する上級のコースにも、やはりその入試に合格すれば進むことができるのだ。

ほかにも、三曹昇任後の部隊勤務中に通信制大学等で大卒資格を取得したのち、一般大卒者を対象とする一般幹部候補生（一般幹候）試験に臨む者もいる。

つまり高工は、少工当時より陸自の技術下士官を養成するだけでなく、結果的に陸海空自の幹部要員を輩出する「基盤」ともなっている。そのため、陸自の少工出身者が防大や幹候校を経て海空自の幹部に、あるいは海空自のパイロットにくら替えすることもめずらしくない。


「はい、名前だけは」

若い海士が、こちらが何を言わんとしているのか関心を向けていることが艦長にはわかった。

相手に何事かを理解させるには、まずこちらの言うことに興味、関心を持ってもらわないことには始まらない。それは幹候校やＣＳ（指揮幕僚課程）で教わったことではなく、これまでの海上自衛隊幹部として自身の経験から得たものである。

「そうか。おもしろいから、暇がある時に一度読んでおくといい」

この先、おまえは警務隊から警察、裁判所へと身柄が移り、最後は檻の中に入ることになるのだから時間はいくらでもあるはずだというような嫌味のつもりは、艦長にはまったくなかった。

むしろ、そういう悪感情を自身がいま有しているであろう眼前の隊員に対して、投げやりになるなよとの含みで言ったのである。

「その『失敗のチカラ』の著者は、少年工科学校（少工）の出身らしいが、過去に冬季五輪、オリンピックに出場した経験を持つアスリートで、おもしろいことに自衛隊を辞めてから相撲部屋に入ったり、かと思えば民間企業でカヌーをやったりと、まあ、いろいろなことをやってるのだな」

ぼうず刈りではないが、短く刈りあげた髪の額をぴくりとさせ、「あんた何が言いたいのか」といった目を向けてくるのが艦長には見てとれた。

「少術校、少工校といえばだな、そのまま自衛隊にいれば防大やら航学（航空学生）に進む者も含めて、出身者の七割、八割が幹部になるという、まあいってみれば、エリートコースだってのに、その著者は少工時代には部活のレスリングで高校チャンピオンにもなって、卒後はオリンピック選手を送り出す体校（体育学校）に選抜されたにもかかわらず、突然、相撲をやりたいとかいって、あっさりと自衛隊を辞めたわけだ。

どうだ、理解できるか？　できんよな、ふつうの感覚じゃ」

「…………」

「しかもそうまでして入った相撲部屋を、今度は目をかけてもらった親方に後ろ足で砂をかけるようにして、またある日突然、部屋を黙って飛び出して、周囲にたいへんな迷惑をかけるんだなあ、これが。

どうだ？　いまのあんたなら、その時のだな、そういう著者の気持ちもわかるんじゃないのか」

「はい」とだけ答えて、静かにうなずく海士を見て艦長は続けた。

「ところが彼は、その後になんとオリンピックに出場して、それに大卒でもないのに早稲田の大学院まで出たそうだ。

結局、その著者はだな、出版当時にはアスリートと企業の間を取り持つような仕事をやっていたみたいだが、実はいま話したように、本の中身というのはタイトルのとおりで、自分がいかに成功したかではない。

いかに失敗したか、そしてその失敗を、いかに克服したかってことが書いてあるわけだ。どう、わかるか？」
三、四秒だろうか、しばらく間があいた。
「はい。この場で謝ったところでどうにもならないということはわかっているつもりですが、たいへんなご迷惑をおかけして、申しわけありませんでした」

そう言うと、海士はがっくりとうなだれたように体を折ったまま涙した。

「結果としては取り返しがつかないことをしてしまったわけだが、死んだ者やケガをした者がいなかったのは不幸中の幸いといえるんじゃないか。万一、人間の犠牲をともなうものだったら、いくら艦長の私だって、あんたをぶん殴っていたかもしれんよ。

とにかくまだ若いのだから、あんたの人生は、この先まだ取り返すことができるはずだ。いまここでの謝罪を忘れんようにして、警務隊、警察にはすべて正直に話をせんといかんよ。いいね」

優しさからそう発したというより、彼にそうさせるのは、自分の義務であるとの思いがあった。

法的に個人に帰するものをのぞけば、部下の職務上の不始末は、まずは直属の上司上官の責任とされ、最終的には艦長までその責を問われることもありうる。

トップや司法の判断がどうかはわからないものの、今回のケースはおそらく自分にまで責任が及ぶに違いない。将来が約束されていたはずの岡崎艦長は、そう腹をくくるのだった。

――他艦が本艦が務めるはずの任務にまわされることになり、こうした思いは他人の受けとめようによっては無責任、卑怯ということにもなるのかもしれんが……。

それでも艦長は、極度の緊張のなか部下が米軍機の誤射に至ることもなく、また敵との戦闘により死傷者を出すこともなく帰港できることに安堵し、見えないものへと深く感謝した。

だが、このまま戦端が開かれることがないようにという艦長のもう一つの強い願いは、結局かなうことはなかったのである。

＊

中国軍が日本の南西海域で不穏な動きを見せ始めたのは、その年の四月に入ってからだった。

それまで尖閣周辺の接続水域をたびたび出入りしていたのは、海警局所属のいわゆる巡視船だった。船体も軍艦の灰色とは違って白く塗られており、武装も日本の海上保安庁と同じく口径二〇ミリから四〇ミリ程度の機関砲であることが、日本側でも確認されていた。

しかし、二〇一五年に日本でもその存在が知られることになった「海警２９０１」は、そうではなかった。

船体色こそ従来どおりとはいえ、全長は一七五メートル、満載排水量は一万二〇〇〇トンにも達する。口径七六ミリの主砲一門のほかに、三〇ミリの機関砲二門。それに重機関銃を備えた、まさに「軍艦」だった。

海上保安庁（海保）最大の巡視船ＰＬＨ（Patrol vessel large with Helicopters）31「しきしま」より三〇〇〇トンも大きなこの艦を、中国は二〇一九年までに二隻就役させていた。さらに、五〇〇〇トン級の新鋭艦とともに海警局は、こうした大型船を次々と就役させていたのである。

海警局の公船は、二〇一二年（平成二四年）一〇月から一一月にかけて三五日間連続で、二年後の二〇一四年の八月から九月にかけては四三日間連続で、尖閣諸島の接続水域へと侵入している。

そして二〇一六年六月九日には、やはり接続水域に中国海軍の江凱（ジャンカイ）型フリゲート艦が姿を現し、一五日には屋久島の西の領海が情報収集艦により侵犯されることになった。

二〇一九年の四月から五月にかけて、すなわち平成三一年四月から令和元年の五月には、四隻の海警船が過去の最長記録を更新するかのごとく接続水域を航行していた。

接続水域へと派遣する船の大きさや隻数、派遣の回数を徐々に増やしていくことで、日本側の出方を探るという中国側の意図は明白だった。同時に、同島周辺に自国公船を遊弋（ゆうよく）させることを常態化する狙いもあった。

そもそも海警局の船は海上保安庁の船とは違い、アメリカの沿岸警備隊の船同様、有事の際には軍の指揮下に入る。平時には表向き、自国海域や海事の案件にからむ治安や司法警察としての役目をはたしているが、実際には予備海軍、準海軍としての位置づけにある。

二〇二X年四月初旬、海警局の三隻は浙江（せっこう）省の寧波に司令部を置く東海艦隊所属の江凱Ⅱ型フリゲート艦578「揚州」とともに、接続水域へと入った。

しかも近くで監視、警戒にあたる海保の巡視船艇の目をかわすようにして、何度も領海に近づいては離れ、また近づくということを繰り返した。

中国海軍は過去にも、軍艦や潜水艦によって接続水域の航行をおこなっていたが、四月のそれは、次は軍艦で、それも戦闘艦によって日本側が主張する「領海」への航行も辞さないという強固な意思の証しであることは明らかだった。「そこは日本の領海ではなく、我が国（中国）領海である」とでもいうように。

日本政府は、中国に対して「万一、中国の艦船が我が国領海に入ることがあれば、日本は海上自衛隊による海上警備行動措置をとる」と早くから告げていた。

最初に領海侵犯したのは海警船の三隻だった。「揚州」だけは三隻の後方に位置し、接続水域にとどまったまま、日本側の出方をうかがっていたのである。

軍艦による領海侵犯ともなれば、過去の例からもはっきりしているように、いずれ自衛隊が出張ってくるのはまちがいないとの判断からだろうと日本政府は考えていた。

その日本側の予想を覆すかのように、翌日には「揚州」のほか僚艦と思しき529「舟山」を新たに加え、海警船三隻、フリゲート艦二隻の計五隻で、きわめて挑戦的な領海侵犯をおこなった。

全部が全部、戦闘艦ではないにしても、五隻の軍用艦ともなれば、一つの艦隊としてかなりの規模の作戦行動が可能になる。とても二〇〇〇トン、三〇〇〇トンクラスの巡視船一、二隻では抗しきれない。

それは日本への挑発というよりは、海自護衛艦を呼び寄せ、緊張の中で日中両艦隊が対峙するうちに偶発的な状況が生まれることを、あたかも意図しているようでもあった。

中国側が海自護衛艦や哨戒機による武力行使という既成事実を作り出すことで、自国海軍の戦闘行動を正当化するおそれがあることは、自衛隊側でも以前から想定されていた。

ただ、事前に予測可能ではあっても、実際に領海内で複数の中国軍艦が長きにわたってとどまり、そのうえあからさまな威嚇行為に至れば、海自護衛艦としては必然的に最後は武力によってでも、排除せざるを得ない状況におかれる。

専守防衛のはずの自衛隊が先に引き金をひくという事態を、どうやって生みだすか。中国軍は机上のシミュレーションのみならず、実際の行動によっても研究を重ねていたのだ。

そう、民間の漁船でさえ、巡視船へと体当たりしてくるような国である。日中の艦が睨みあい、併走しながら、「出ていけ」「いや、そっちこそ出ていけ」ということの繰り返しの果てになにが起こるかは明らかだった。

互いに威嚇射撃をおこなったすえに実射へと発展し、どちらかの艦に、あるいは双方の艦に被害が及ぶことになる。

中国側としては、そこにまで至れば大成功である。日本の後ろに控えるアメリカを刺激してまで、日本との全面戦争をおこなう必要などまったくないのだ。

こうした偶発的な、実際には中国側が企図した小規模な日中海戦が生起され、そこで死傷者が出た場合、先に早期の停戦や和平を口にするのは日本の世論であるということを、中国は熟知していた。

むろん、このまま国家間の戦争へとエスカレートさせたくなければ、日本はこれまでのような尖閣における領有権問題は存在しないとの立場をあらため、中国との交渉のテーブルにつき、この問題では日本側がある程度譲歩すべきといった有利な外交を展開するためである。

中国側の活発な動きは尖閣周辺海域にとどまらず、台湾、そして沖縄南方の宮古島、石垣島といった先島諸島にも及んでいた。

防衛情報本部は、にわかに激化の様相を見せ始めた中国軍の艦艇、航空機等に関する通信傍受や衛星画像、現地ヒューミント（人的情報）などにより、「中国軍の一部に準戦時態勢が下令」という確度の高い情報を得ていた。

その結果、日本の南西海域および台湾周辺において、近いうちにまとまった中国軍の展開が起こり得るとの判断に達したのである。

――日本、台湾へ向けての示威的な大規模演習ということか？　あるいは台湾侵攻の前兆？　まさか、本気でこちら（日本）の島を力づくで獲るつもりなのか？　しかし、なんのために……。

領有権の徹底主張や守備は国の重大事にあたるとはいえ、たかだか無人のいくつかの島を手にするだけのために、中国が国対国の戦争を画策するだろうか。そうでないとすれば、やはり台湾侵攻のための陽動作戦なのか。

尖閣と台湾がリンクする有事対処についても、日本の政府や自衛隊高官、識者の間では、早くからこれを想定し、研究もされていた。だが過去の戦史をひもとけば、事前に想定されていたような事態とならないのが有事、すなわち戦争なのだということは史家ならずとも容易にわかる。

ただ、この時の日本政府に現実に必要であったのは、史家でも学者でも歴史通でも、また自称軍事アナリストやジャーナリストあがりのコメンテーターなどでもなく、本物の軍事アナリストだった。英米にはいても、日本にはいないプロフェッショナルである。

それは、絶対的な有用性があるにもかかわらず、日本の政府首脳や秘書官、防衛研究員、自衛隊制服高官等には完全に不足する「能力」でもあった。

事態の様相や相手方の動向についての的確な分析と予測、これをたんに過去の事例や自身のそれまでの経験、あるいは予備知識によって「予想」「うらなう」のではない。数理統計はいうにおよばず、あらゆる科学的知見や能力を駆使して客観的なデータや隠れた事象を発現させ、その評価までもおこなうことのできるプロである。

前の大戦時、まだコンピューターすらない時代に世界トップクラスのそういうプロ集団を有した日本は、開戦前に日米戦についてのほぼ完璧なリアル・シミュレーションを手にしていた。

戦後世代の日本人が日米戦の詳細を知るように、彼らは戦争が起こる前に、それをあたかも精緻に予知するかのごとく、戦いの一部始終を先に読んでいたのだ。

ところが、軍も政府もそれを生かすことはなかった。軍高官が軍人としての経験と知識によってひねり出したにすぎない戦略や戦術をよしとして戦いに臨み、その結果、国の荒廃を招いた。

戦後も日本は科学と技術の有用性を認めながら、実利が得られれば事前のリサーチも分析も不要といわんばかりに、官民ともに本物のアナリストの育成に力を注ぐことはなかった。

巷（ちまた）には名ばかりアナリストや名ばかりシンクタンクがあふれた。大衆は、アナリストとは予想を外しても職を失うことのないコメンテーターか評論家のことなのだと誤解するようにもなった。

二一世紀になっても、それは同じだ。防衛省や自衛隊でも戦史や戦略のリサーチャー（研究員）は養成しても、プロのアナリストを生むことはなかった。

高度専門医や国際会計士といったステータスにも匹敵するプロのアナリストを輩出するには、一組織や一企業のレベルではなく、国レベルでの巨額な費用とそのための環境が必要となる。大学院で専門の修士、博士課程を修める以外にも、二、三の副専攻的な知見が求められ、社会学や外交史、語学、哲学、戦史、思想史といった文系の素養以上に理系の学識、スキルが求められる。

通信のプロトコルやコード、デコードのしくみがわからなければ、解析された暗号の評価などできるわけがない。プログラム言語の構造も知らずにリンクやネット上の情報の分析やら解析やらということをいっても始まらない。

むろん、弾道計算について理解していない人間が写真に撮られた野砲について語ったところで、それはネットや本で得た知識をもとにうんちくを語るマニアと同じことになってしまう。

アメリカを十分に研究してそれを熟知する中国では、一九九〇年代に入ると、大学や軍の学校でエリートのみを抽出し、大量の軍事アナリストを育てるようになった。

その一部は、ただのコンピューター・エンジニアや技術者などを装っていたが、彼らは共産党の中央のみならず、各軍の司令部等にも配置され、時には前線へと赴き、日米部隊の動向を探るようなこともやっていた。

そう、簡単にいえばスパイである。

高度なアナリストとしての教育を受けた中国人が、留学生や商社マンとして日本を訪れる。そして実際には、工作員やスパイとして情報収集をおこなっていた。

自国でそれをやっていた中国政府は、日本や他国も中国に対して似たような情報収集をやっているはずとの疑念を強く持っていた。そのため二〇〇〇年以降、中国国内で仕事に携わっていた複数の日本人エンジニアやビジネスマンが、スパイ容疑で逮捕、収監されることにもなった。

一方、ヒューミント（人的情報収集）を担う「情報科」が、ようやく二〇〇九年に設置された自衛隊では、対外情報収集の主役は防衛情報本部である。ここでは通信傍受を含む電波情報の収集と分析、そして衛星写真や航空写真等の画像解析が中心となっていた。

それ以前は、予算も人員も零細な調査隊で、対外というよりは隊内の機密漏洩防止や不穏な高級幹部の監視しかおこなわれていない。

これは、まだ旧軍憲兵隊の記憶が残る自衛隊創設当時、治安に関わる情報の収集は自衛隊ではなく、警察や公安がおこなうという暗黙の了解によるところが大きかった。

旧軍や諸外国軍と異なり自衛隊や防衛省には、軍事アナリストどころか、ヒューミント専門の課報員さえ長らく存在していなかった。

＊

中国政府、中国軍の意図を図りかねる日本政府と自衛隊は万一に備えて、国民にもマスコミにも告知することなく、ひそかに「第三種非常勤務態勢」に入った。

全自衛隊員に非常呼集が発せられ、所属部隊において武装し、そのまま二四時間待機するのである。

とはいえ、長期の第三種は隊員たちのストレスを生むため、警戒したまま適宜交代で息抜きの時間も一応は与えられていた。

ただ万一の事態に際して、その初動にあたる陸海空の各部隊は、所定の位置まで進発することになった。

それも、こちらが準備し対処していることを中国側へと覚られないよう、部隊は通常の演習、訓練を装うようにして少数ごとに移された。

「かが」にしても、当初は護衛役の僚艦ＤＤＧ‐１７５「みょうこう」とともに港を後にするのではなく、単艦で赴いたのはそうした背景によるものだった。

「みょうこう」の高性能のイージス・システムは、敵機からの自艦や艦隊の防空（僚艦防空能力）のみならず、弾道ミサイルにも対処できる。

万一、この機に乗じ、日米を混乱に陥れるべく北朝鮮が弾道ミサイルを発射しても応じることが可能な八隻のイージス艦のうちの一隻である。しかしそれには、日本海の所定の海域にあらかじめ布陣する必要があった。

そのため、本来「かが」に随伴するはずの「みょうこう」は急遽、北の弾道ミサイルに備えて対馬北方へと向かった。そして「かが」護衛には、那覇の港で一か月ぶりの骨休めをしたのち、「かが」「みょうこう」と同じ二護隊（第二護衛隊）所属のDD‐117「すずつき」があたることになった。

二〇一九年以降、和製海兵隊ともいわれる陸自の水陸機動団が本格的に始動するようになった。陸海空自衛隊は、南西海域での「その時」に備えて、三自協同での訓練や演習をおこなう。

水陸機動団のような離島奪還や上陸戦を本務とする陸自の部隊を海自艦艇や空自機で輸送する。そして、護衛艦や空自戦闘機がそうした輸送部隊を護衛する、あるいは戦闘を支援するという実戦に即したものであることから、三自いずれもこの方面へと交代で各部隊を派遣していたのである。

あきづき型三番艦の「すずつき」は「あきづき」同様、ミニ・イージスとも称される国産の画期的なFCS‐3A射撃指揮装置を有している。イージス艦に次いで高い僚艦防空能力によって、本来は弾道ミサイル対処中のイージス艦の護衛を目的とする。

弾道ミサイル対処の際、イージス艦はそのことだけに集中する必要がある。その時に敵機や敵潜水艦、敵水上艦に襲われた場合は、自艦の防御能力だけでは対応できないおそれがある。

そこで、イージス艦の僚艦である汎用護衛艦の「あきづき」型は対空戦、対潜戦、対水上戦と、その真価をフルに発揮することになる。

「すずつき」は「かが」が進出予定位置に達してから、那覇での休養の後に合流することになっていた。ところが急遽、「かが」は本土へ帰らざるを得なくなった。そのため、単艦でそこにとどまることになった。

「すずつき」も「かが」同様、新世代艦であることには変わりなかった。しかし、基準排水量は「かが」のおよそ五分の一の約五〇〇〇トン、クルーの数は半分以下の二〇〇名ほどだ。長い間、外洋にあると、艦も人もそれなりの疲労やストレスを負う。

「すずつき」と同じあきづき型の「てるづき」は、二〇一七年にソマリアの海賊対処にも出向いた。ただテレビも新聞も、そうしたクルーたちの厳しい状況についてては、自衛官なのだから当然だろうといった見方もあってか、深く報じられることはなかった。

「すずつき」にしても、二〇一八年の八月から一〇月にかけて、「かが」「いなづま」とともにインド太平洋方面派遣訓練に参加した。インド、フィリピン、インドネシアなどの各国海軍と共同訓練を実施している。

翌年の春には、中国青島でおこなわれた国際観艦式にも出た。

そして今回、「すずつき」には「かが」のようにF‐35Bは載せていないものの、単艦でも宮古島に来襲する敵機には対処できることから、浮かぶミサイル基地となって同島や石垣島の防空にあたれという上からの達しである。

――これじゃ、沖縄に行って砲台になれと言われた大戦中の戦艦「大和」と同じじゃないかよ。

やっとありついた休みを返上しての再出動に、クルーたちの士気は低下していた。それでも任務とあれば致し方なしと、誰もがあきらめや、なかば居直った感じで受けとめていた。

この時、「かが」にしても「すずつき」にしても、クルーたちは死を覚悟して出撃した七〇年前や八〇年前の「大和」の乗組員とは違って、まさか自分たち自衛隊が、本当に中国軍との武力衝突に至ることになるなどとは考えてもいなかった。

自衛隊に五年や一〇年いれば、部隊配属後の非常呼集の経験も一度や二度ではない。ただそれも、たいていは訓練か災害派遣かのどちらかだ。

陸自のレンジャー訓練となれば、訓練期間中は日々非常呼集の連続である。空自のスクランブルはまさに実戦想定であるし、海自の護衛艦でも点数取りの艦長でもいようものなら、出港直後からクルーは連日ワッチ（見張り）明けの就寝中でも「〇〇戦闘用意！」と叩き起こされる。

二〇一六年以降、北の弾道ミサイル発射が過激さを帯びた。国内にＪアラートさえ発せられる状況の中でさえ、何度か待機はかかっても、自衛官の多くは「北はまた国費を使って盛大なロケット花火の打ち上げか。いい加減にしてくれよ」と苦笑してみせる余裕すらあった。

だが今回は、そうではなかったのだ。

第3章　二日目

六月四日深夜
沖縄・宮古島の北東七〇キロメートル

本当なら、いま頃は那覇の街で上陸員たちは大いに気勢をあげているはずだった。ところが、この初日の上陸員たちですら、ろくに遊ぶことも許されず、艦へ日帰りどころかトンボ返りさせられたのである。

「はあ？　これがもし点数稼ぎの訓練とかだったら、艦スケもサンスケも絶対許さんからなっ！」

許さんといったところで、中堅の海曹では佐官クラスの幹部になにかできるというわけでもない。せいぜい指示されたことに、命令不服従とみなされない程度のすっとぼけで応じるくらいだ。

それでもコップに注がれたビールの一杯目を飲み干す前に、スマホに目をやった一分隊砲雷科の二等海曹は、周囲の同僚や客の目もかまわず、そう思いきり毒づいた。

護衛艦の一分隊は別名、攻撃分隊とも称される。砲や誘導弾（ミサイル）、それに魚雷を扱う砲雷科が属するが、それだけに気が強い隊員もめずらしくない。

自衛官候補生（自候生）の前身である一般二士からの叩きあげで、すでに海自に二〇年近く奉職している二曹も、そうした一人だった。

艦スケは艦長の俗称、蔑称だ。サンスケは艦長に次ぐ副長のことを、二曹が勝手にそう呼んでいるだけだが、もちろん本人たちに向かってそうした野卑な言葉を発したことは一度もない。

上官に対する命令不服従のみならず、たとえ酔ったうえのことでも、暴言や侮辱が懲戒処分の対象となることくらい幹部ではない二曹であっても承知している。

それでも鬱憤（うっぷん）やストレスの発散から仲間内での戯言（ざれごと）として、上官へのいわば愚痴や悪口を発するようなことは、この二曹にかぎらず隊歴の長い隊員であれば、多くが一度や二度は経験しているはずだった。

副長の三等海佐は三佐と略されるが、佐はスケとも読むこともできることからサンスケというわけである。もっとも、二曹がそうしたスラングを吐くのも無理はなかった。

上陸して、酔う前にということで同じ分隊の同僚とまっ先にパチンコに興じた。しかし、二人とも一時間も経たずに五〇〇〇円以上すってしまった。仕方なく居酒屋の暖簾（のれん）をくぐって、いくらも経たないうちの呼び出しである。

結局、その日（六月三日）、街のネオンを待ちわびた艦のクルーたちには、三分の一上陸さえも許可されることはなかった。

三分の一上陸とは、本来なら二〇五名中の約七〇名に与えられる自由時間だ。上陸員は艦を下り、単身であるいは同僚らと連れ立って町へ繰り出すことができる。

食堂やレストラン、居酒屋での飲食やショッピング、町で知りあった彼女とのデート、あるいは風俗店やパチンコなどのほか、それが定係港（母港）なら賃貸契約のアパートや下宿で、誰にも邪魔されず一人のんびりと過ごす者もいる。ストレスの多い艦艇勤務の合間の、まれに得られる命の洗濯の時間であった。

深夜一二時までの帰艦が義務づけられた下級の海士以外は、上陸日の翌日の朝七時過ぎまでに帰艦すればよい。宿やホテルで一泊することも可能だが、万一、上陸中に艦から急報があった場合には二時間以内に戻らなければならない。

ＤＤ－117「すずつき」は一か月半に及ぶ尖閣沖での監視活動を終え　那覇の港に三日から五日までの三日間、停泊する予定だった。

三日あれば、三分の一上陸でも交代でクルーの全員が上陸することができる。しかし、そうはならなかった。

その初日となるはずの昨日午前中に那覇に入港し、一六三〇（ひとろくさんまる）（午後四時三〇分）の「課業やめ」の後、夕方五時前に上陸員整列で艦を下りた者たちにも、二時間と経たずに警急呼集、すなわち非常呼集が発せられ、午後八時までに「すずつき」は再び出港準備を整えることになった。

「ご案内申し上げます。お客さまの中で護衛艦××の乗組員の方は、すぐに艦へお戻りください。繰り返し申し上げます。お客さまの中で護衛艦……」

ウソのような話だが、かつては上陸したクルーが立ち寄りそうなパチンコ店やデパートで、そうした放送が流されることもあった。

間借りした先の大家や下宿先にも電話が入り、それ以外にも艦の部下たちの勤務状況、生活状況をつぶさに知る各科の先任海曹らが、立ち寄りそうなところを把握しており、片っ端から連絡を入れる。

警ら中の警察官に協力してもらい、制服で町を闊歩（かっぽ）するセーラー服姿の海士に声をかけるようなこともあった。

私服ではなく制服着用時であれば、護衛艦乗り組みの海士の制帽には艦名が付された帯状のペンネントが巻かれている。正面から見れば、すぐにわかるのだ。

そんなふうにスマホ、ケータイのない昭和の時代には、上陸員への非常時の連絡も大変だったが、いまでは三〇分から一時間ほどでほとんどの者が帰艦する。

二〇一一年三月一一日の東日本大震災の時、午後二時四六分の発災からわずか一時間ほどで四〇隻超の艦艇が救助に向けて出港した。

もともと旧軍の軍艦時代から、こうした戦闘艦には同じ部署で同じ役割を持つクルーが数名ずつ配置されている。戦闘中に一人二人死傷しても艦の機能を維持するためだ。

だから、緊急に港を出るような場合には、必ずしもクルー全員が揃う必要はないものの、それでもできるかぎり定数であるほうが望ましい。

艦はドックで修理や点検をおこなう時以外、訓練の有無にかかわらず、基本的に二四時間待機である。

そのため、クルーには自分の持ち場の仕事以外に、交代でワッチ（当直）やさまざまな作業も割り当てられるが、人数が減ればそれだけ負担は大きくなる。これが、一度に多くの上陸を許さない理由でもある。

今回「すずつき」も、例の二曹をはじめ一人の取りこぼしもなく上陸員全員が帰艦し、無事出港したのはよかったが、艦内は休日返上となって任務につくクルーたちの不満で溢れかえっていた。

「おい、こんなとこにいつまでも靴下なんか干してんじぇねえぞ。馬鹿やろうがっ！」

「どこの分隊だ。いま頃、コーヒーなんか飲みやがって！」

いくつかの部署では、いらつくクルーたちの間でのちょっとしたいさかいも起きており、艦内の空気は険悪なさまを呈しつつあった。

むろん、そうした様子は艦長にもあがってくる。いや、そうなることを承知のうえで、艦長の長塚二佐にしても非常呼集をかけざるを得なかった。

それは当然、所属する第二護衛隊群司令部を経由しての護衛艦隊司令部からの命令によるものだった。

ただし、こうした非常呼集に際してクルーたちには、それがどういう理由によるものか、また艦がどこへ何のために向かうのかという詳細について知らされることはない。

平時の訓練もそれ（非常時、有事）に準ずることから、平時の出港においてもクルーたちは、艦が港を離れて沖に出るまでは行先や目的、期間について知らされることはない。それが訓練なのか、あるいは実務なのかさえも、艦長と一部の幹部を除いて、クルーたちにはわからないのだ。

任務の内容によっては、艦長にしてもその詳細については港を出たのち司令部から告げられることもある。

今回もそうだった。司令部からの第一報は、とにかく早急に宮古島沖へ向かえと。

こうした実際の現実、あるいは現実のリアルなさまは、映画や小説では描かれないことを艦長の長塚は知っていた。

視聴者や読者が求めるのは、現実がどうのこうのといった説明や語りなどではない。テンポのいい戦いの様相とシナリオめいた会話の並び、そしてそこから得られるカタルシスなのだと。

アメリカと異なり、すでに八〇年もの間、直接の戦争とは無縁であり続けた国である。自衛隊も創設以来、これまで一度たりとも他国の軍と戦ったことはない。

ここにきて極度の緊張に見舞われているとはいえ、これからもこのまま戦うことのない武装集団でありたいと、長塚はこの前線にあっても、そう祈らずにはいられなかった。

自衛隊に入る前、学生時代に長塚は一度も理系の経験はなく、大学も文学部だった。五〇歳が近くなったいまでも、もし一般幹候に受かっていなければ、二〇代の頃はそんな自分でもどこか採用してくれる民間の会社に勤めながら、演劇への夢を捨てきれなかったかもしれないと思うことがあった。

脚本家や小説家を志していたはずの長塚が、ある意味、むしろ真逆ともいえるような幹部自衛官に、そんなお堅い仕事につくことになったのは偶然にすぎなかった。

演劇や文学好きの長塚には、海外の著名な監督や文豪を輩出したいろいろな国を見てみたいとの思いも強かった。そのため学生の頃もせっせとアルバイトをして、夏休みにはアメリカやアルゼンチン、フランスを訪れたほどだが、いかんせん学生の身では金が続かない。

かといって卒業後、仮に海外を飛びまわる商社マンになれたとしても、おそらくは仕事に追われてそれこそ演劇に携わることなど夢と化してしまうに違いない。

そんな時、就活中の友人が手にしていた自衛隊のパンフレットを「なにげ」に見て、長塚は電気ショックを受けたように「これだ！」と思った。

海上自衛隊の幹部候補生になると、一年近く世界各国を巡る遠洋航海に出るといったことが記されていたのだ。学生なのに旅費も船賃も不要のうえ、三食それに給料まで支給されるという。

――もうバイトの必要もない。国の金で世界旅行させてもらったあげく、脚本家として食えるようになるまでの生活資金まで蓄えることができる。これ以上のチャンスはない。

長塚は遠洋航海を終えたのち、ある程度貯金ができたら自衛隊を辞めて、どこかの劇団の研修生にでもなり、そこでシナリオのイロハを学ぶことができたらと考えていたのだ。

幹部候補生としての教育や訓練の厳しさであるとか、自衛官とはといったようなことについて、深く考えることもなかった。ただ言われたとおりにやればいいさ、自分でアイデアを出さないといけない創作よりもむしろ楽かもしれないと。

長塚は、すでに故人ながら過去に陸上自衛官出身の著名な俳優がいて、彼がのちに劇団を主宰したことも知っていた。それにピンキリとはいえ元自衛官の作家がけっこういることも彼の頭の中には入っていた。

長塚は、そうして一時のつもりながら、海上自衛隊に自分の夢を重ねたのである。

――あれからもう二〇年、いやもっとか……。

学生時代にせっせと綴って応募することもなく眠らせてしまった何本もの脚本や小説の原稿も、

いまではまだどこかに取ってあるのか、それとも何度かの引っ越しの際に捨ててしまったのかどうかもわからない。

あと二、三年もすれば五〇歳の大台に乗るが、三〇代で結婚、家族もでき、もうすぐ子どもも社会人となるというういまは、さすがにそうした夢を追う無分別さはない。

しかし多忙ななかでも、世に示される自衛隊作品のあれこれを見聞きするたびに、自衛隊という組織の正味の姿であるとか、創作とは違う現実の隊員のリアルなさまを、なにかの手立てで表現したいと思うことはある。

それは、長塚の個人的な欲求によるというよりは、幹部であるがゆえに生ずる使命感にも通ずるところがあった。

大勢の日本人の中でも、いま中国軍との戦いを避けたいと一番強く願っているのが、自分たち自衛官であることはまちがいないと長塚は思う。

それでも相手がいる以上、偶発的な戦闘が起こらないとは言いきれない。その場合も、自衛隊員は最小限度の武力行使にとどめることを徹底されている。

むろん、旧軍の関東軍のように政府の意向を無視して、独断専行で追撃や反撃に突っ走るといったことはできない。

ただ、このままでは中国軍相手にたとえ局地戦で勝つようなことがあっても、国としては敗れるのではないかとの危機感を長塚は持っていた。

自衛隊の戦力うんぬんということの前に民意、民度に問題があるとの思いは、長塚だけでなくほとんどの幹部自衛官に共通するに違いなかった。

いくら政権中枢から戦うことを命じられても、

国民の同意あるいは支援なくして自衛隊は戦えない。国民の選良たる政府首脳の命令を、ただそのまま国民の支持、同意と置き換えればいいということにはならないのだ。

当然ながら政府に言われたように行動するにしても、その行動について、すべての国民とはいわずとも七割八割の人々の賛意を得られることがなければ、所期の目的を達することはできないかもしれない。

法律や交戦規定の問題ではない。民意、そして戦いを抑止するための民度の問題を無視しては、自衛隊は存続しえないのである。

だが、長塚には「安全保障」という局面にかぎり、そうした民度が高く成熟しているようには思えなかった。むしろ実際に戦闘可能な艦を動かす立場の人間からすれば、少々幼すぎるのではないかとさえ感じられる。

――勿謂言之不預論（ウーウェイイェンヂーブーユールゥン）（警告せざりきと言うこと勿（なか）れ）。

中国共産党機関紙は二〇一九年五月、米中貿易戦争のさなかの対米論記事の中で、この開戦警告を発した。

これが北朝鮮に顕著なたんなる恫喝と違うことは、過去二度の戦いに示されている。中印国境紛争（一九六二年）と中越戦争（一九七八年）だ。

しかし、なぜ中国はわざわざ事前にそう宣言して、他国との戦いを繰り返すのか。開戦警告、いわば宣戦布告の予告のようなものである。

それには、はっきりとした理由があった。

一九五〇年の朝鮮戦争の際、中国は北朝鮮に「抗美援朝義勇軍」という名の、その実一〇〇万人もの中国人民解放軍（志願軍）を派遣したが、米軍ほかの国連軍はこれを中国の欺瞞として非難し憤慨した。国連軍の最高司令官マッカーサーは、ついには本国のホワイトハウスへ原爆の使用を進言するほどだった。

だが実際は、当時の中国国務院総理、周恩来は事前にアメリカに向けて、公式参戦とはいわないまでも、万一、国連軍が中朝国境の鴨緑江まで達するようなことがあれば看過しないと告げていた。これを軽く見たのは、ホワイトハウスとマッカーサーのほうだったのである。

こうした朝鮮戦争を含めて、中華人民共和国発足以降の中国の戦略や軍事行動、あるいはそれ以前の中国、すなわち日中戦争当時の毛沢東率いる八路軍や中国共産党指導部の戦い方も知らずに、二一世紀の中国軍を観測し、彼我の戦力や戦いを占ったところで、それはけっして創作や想像の域をこえることはない。

映画や戦記の描写のように、たしかに今日の自衛隊の実力をもってすれば、相当な確率で砲弾やミサイルを敵艦、敵機に命中させることはできるだろう。たとえそれが、最新の中国艦や最新の中国機であったとしても。

だが、そうやって被害を受けた相手は、被害を受ける前よりも、こちらに激しく憎悪や怒りを向けてくるはずだ。それは、こちら（自衛隊）が被害を受けた場合も同じだろう。

つまりその時点で、それまでのような威嚇や非難といったレベルの、ただの悪感情の一線をこえ、人間同士のかぎりない憎悪、殺しあいへと移る。

現実のそれはエンタメのように敵艦撃沈、敵機撃墜ということでは終わらない。そして国民の多くがその時になって、初めてこれが現実のリアルさなのだと気づいても遅い。

　しかし、創作されたモノにのみ慣らされた大衆は、真実を見抜く力を失くし、メディアや体制に容易に動かされてしまう。そういう過去を、この国は現実に経験していた。

「暴支膺懲（ぼうしようちょう）、大陸で聖戦に臨む皇軍の活躍」「飽食と怠惰の国民、米国恐るに足りず」

　昭和の初期、新聞やラジオは現実のリアルさを報じることなく、事実をデフォルメした、いわば創作的リアルさで当時の日本人の心に戦争もやむなし、英米敵にあらずとの大いなる誤解、錯覚を植えつけた。

　敗戦を経験し、七〇年、八〇年経ったいまも、日本のメディアはそう大きく変わっていないように長塚には思える。

　それはまた、報道にかぎらない。エンタメ、すなわち娯楽の面でも人々は、どうせ娯楽じゃないかと創作的リアルさがもたらす心地よさばかりを求める傾向にあった。

　――いまはむかしと違うと、誰が言いきれる？

同じじゃないか。自称評論家もアマチュアも、にわか知識を披歴するようにして、中国軍がどうの自衛隊がどうのとやらかしはするが、その実、実際の中国兵士がどうなのか、自衛隊員がどうなのか。その現実を知る人間が、どれくらいいるというのか。

　武器の性能や戦術のことを知り得ても、なにが戦争へと導くのか、戦争の引き金となるのか。実際にそれが起こるまでは、誰も正確なところはわからない。だからこそ、創作や推測とは違う個々の現実に目を向ける必要がある。

　しかしいまの日本人にしても、実際には過去と同じように、そういう辛気くさい話や説教じみたご託よりも、ただ心地よいカタルシスを求めている。こんなことで、したたかな中国の野望を、前線で争うことなく挫くことができるのか。

まだそうと決まったわけではないにしろ、実戦を強く予感するなか、正直なところ長塚には自信がなかった。

だが、そんな情けない艦長であることは許されない。そのためにこれまで訓練を受け、指揮官としての能力が付与されているはずなのだから。

といっても、陸海空二四万もの大組織である。なかには借金、不倫、家庭騒動、酒、ギャンブル、交通事故等で、にっちもさっちもいかなくなる者もいる。

心身ともに鍛えられた自衛官とはいえ、一般のふつうの生活者同様、個々に大なり小なり悩みや問題を抱えている。できるかぎり私生活でも仕事でもトラブルが起きないようにと願いながら、けっして楽ではない日々の職務に汗して生きている。戦争のない平時においても、まさに命を削るようにして糧(かて)を得ている者たちなのだ。

大震災、津波の災害派遣の際に活躍し、その勇躍のさまをテレビ、新聞で報じられた一部の自衛官たちにしても同じである。

休務時の非常呼集で営外の自宅から部隊へと向かう途中、すでに水かさの増した道路に浮き沈みする老女を発見し、ろくな装備もないまま身一つで腰まで浸かりながら救出した若い陸曹。自宅のある地区が浸水し妻子との連絡もつかないなかで、一度も帰宅することもなく他の救援地域へと向かい、部隊の指揮をとった陸自の中堅幹部。通常は港湾内でしか航行することのない水船を転覆覚悟で沖に出し、被災地へと水を届けた海自作業艇の乗組員たち。

みなヒーロー気取りで事に臨んだわけではない。ただ自衛官としての責務を果たそうとしただけなのだ。

現場の隊員のみならず、後方で輸送や物資を担う隊員たちも、国民の誰にも知られることはないと承知しながら、三日三晩、不眠不休の作業に臨んでいた。

――どのような職務にも命令にも服する。だが部下を死なせるようなことだけは絶対にできない。

長塚のその思いは、本音だった。平時有事を問わず、部下になにかあれば、艦の最高責任者である自分にも大なり小なり責任が及ぶ。

しかし、それだけが理由ではない。現代戦においては実際に戦いへと発展した場合でも、敵味方いずれにおいてもできるかぎり死傷者が出ないほうが望ましい。

長塚は、艦のトップとして部下の命に責任を有するだけでなく、万一の際には戦いを最短最小に限局することで、国益に寄与する責務も負わされていた。

現代戦は、いかに多くの敵を殺傷するかといった過去の戦いとは異なる。彼我の損害を抑えつつ、短時間、短期間に敵を圧する新たな抑止力を構築したほうが勝利する。

人の一対一での戦いと同じで、格闘前にははっきりとしなかった力の差も、組んだ初手で瞬時に彼我の力の大小がわかれば、それ以上は戦いにならない。

それでも互いの力が拮抗していれば、戦いが長期化するおそれはある。いまの時代、それが国対国の場合には必然的に軍事から再び話し合いに、つまりは外交へと移行することになる。

国の面子（メンツ）や思想の押しつけ合い、消耗戦や国家総力戦による国力の減殺を目的とした古い時代の戦争とは違って、現代戦は費用対効果が重視される。

二〇〇三年三月に発生したイラク戦争も、テロや治安維持のため最後の終結宣言までに八年以上を要しているが、実際の正規戦はわずか二か月で終了している。

同じ社会主義国家といっても、いまだに統制経済の北朝鮮と異なり、すでに経済の自由化、資本主義化が進む中国は「費用対効果」の計算にも長（た）けている。

日本の小さな島を奪うだけのために、日米相手の長期戦、国家総力戦を繰り広げるはずはない。

また、これを陽動として策謀する本命の台湾侵攻にしても、中国は早ければ数週間、長くても一年ほどの軍事作戦で終わらせるだろう。

だらだらとした、いくつもの国にまたがる戦いなどは、それこそエンタメかパラレルワールドでの話である。この世界での現実のリアルにはほど遠い。

それくらいのことは、統合幕僚学校や米軍の国防大学を修了したような将官クラスの高級幹部でなくても、艦長の長塚にもよくわかっていた。

＊

予定のポイントへと達したあと、司令部から新たに送られてくるであろう命令の中身について、艦長の長塚にもおおよその察しはついていた。

南西海域での中国軍の動きが活発になっている

ことは、この一、二週間のうちに自艦のほうでもある程度把握している。

午後九時前に那覇の港を出て、すでに五時間が経過していた。

当初予定した三戦速（第三戦速・約二四ノット・時速約四四キロメートル）なら七時間弱で宮古島まで達するが、沖に出るといくらか波があったため、長塚艦長は一戦速（第一戦速・約一八ノット・時速約三三キロメートル）で向かうよう航海長に指示した。

それでも民間の小型船舶なら十分に高速である。二〇トン以下の船なら乗組員は、なにかにつかまらずには立っていられないだろう。波があれば、なおさらである。

近年は最高速力が二〇ノットや三〇ノットに迫るような漁船もあるというが、ほとんどは一八ノットあたりが限界だ。高速フェリーをのぞけば、数百トンから数千トンの貨物船やフェリーでもそんなものだ。

司令部の命令に従い、できるかぎり急ぐつもりではいるが、この穏やかではない大洋を力づくでねじふせることなど、五〇〇〇トンごときの艦にできるはずもなかった。

荒海を凌波するには、波に立ち向かうよりもむしろ身を委ねるようにして、冷静に、かつ正しく波を読むことが大事となる。長塚はそれを、初任幹部の早い段階で知ることになった。太平洋を長駆する遠洋航海において。

クルーたちもほとんどの者が、それを過去の訓練経験から得ている。たとえ台風のまっただ中を突き進むような荒天準備部署が発令されても、動じるようなことはない。ただ長年艦に乗る者であっても、体調不良や寝不足からひどく酔うようなことはある。

数千トンの艦が濁流の中の木の葉のように浮き沈みして、ベッドに寝ていても振り落とされるようなこともあるのだ。そんな艦に初体験の民間人がいたなら恐怖を通りこして、もはや生きた心地すらしないだろう。

今回は、そこまでの揺れではない。得られた気象データからも、この先、さらに荒れる感じではないが長塚は慎重を期した。

このまま進めば、予定地まであとおよそ四時間、距離にして一三〇キロメートルかそこらである。朝日が拝めるかどうかはわからないものの早朝には着く。

「艦長、まもなく変針します。変針予定時刻〇二一五、変針まで約一五分です」

「了解」

哨戒長の池田三佐の報告に艦長は短く答えた。

艦は多くの場合、目的地へ移動するまでの間に何度か変針して予定の航路を保つ。

艦長の許可のもと予定航路は事前に計画されており、予定外の航路を取ったり変針したりする場合はもちろんのこと、予定航路を行く場合であっても、変針時には逐次報告しなければならない。

艦の行く手は、すべて艦長に委ねられている。危険回避等の緊急時をのぞいて、艦長の指示や命令なくして艦はどこへも行けない。しかも行き先や任務は上からの、つまりは司令部からの命令による。

「もうそろそろ司令部から次の命令が来てもよさそうなものだけど、まだ来てないよな」

「はあ、まだですねえ……。せめて急な出港のわけくらい教えてくれたらいいものを」

「まあ、C国がらみだとは思うが、おかしなことにならんといいが」

「シーコク？　ですか」

「チャイニーズ、中国」

「ああ、なるほど。おそらくそうでしょうね、状況から考えれば、その線かと思われますが、尖閣にはすでに先月以来、一護群、四護群から計三個の護衛隊一〇隻が出ているのに、上はどういう考えなんでしょうねえ」

「わからんねえ。尖閣にかつてないほどの数の中国艦が集結しているのはたしかなようだが、その意図がはっきりしないうちに、海保だけじゃなく、うち（海自）が出張るってのもへんだが。

まあ、とりあえず予防線を張っておくってことじゃないかな」

「明治や昭和でもないのに、いまどき南の海で日中の大海戦なんてことは考えにくいですしね」

深夜、仮眠をとることなく、艦唯一の個室である艦長室に副長の加藤三佐を招いたのは、事後の行動確認というよりも、妙な胸騒ぎをおぼえてのことだった。

深夜一一時過ぎから二時間ばかりうとうとしたものの、なぜか寝つけなかった。長塚にしてはめずらしいことだ。いつもなら五分と経ずに眠りにつき、三〇分でも一時間でもその間はぐっすりと休むことができる。

若くして艦艇要員となった時から、そうした「特技」を歳月を経て体得してきた。しかしその日は、そうではなかった。

「ですが艦長、予定どおり宮古島に行けってことは、やはり守備隊の支援でしょうか？　それなら

『かが』が先遣しているはずですし、なぜうちが休みを返上してまでってことになりますよね。今日じゃなくたって、もともと三、四日すれば合流することになっていたわけですから」

「そうかもしれんね。陸さん空さんへの支援はやぶさかではないにしても、本来その支援の主役は『かが』で、本艦は主役の用心棒にすぎんだろ。その『かが』から何か言ってきているかな？　きてないよね」

「はい、秘匿のためかどうかはっきりしませんが、『かが』が予定進出点に達する前に引き返すような動きを見せていたことは、昨日夕にご報告したとおりです。電測のほうでも追尾を続けていますが、なお北上中とのことでした」

「ああ、その件について司令部も『かが』も、まだなにも言ってきてないんだろ？」

「はい」

「まったくなあ、防秘防秘というけど、同じ海自同士それも艦同士だってのにコミュニケーションもろくに取れないんじゃ、いざ有事になったら、それこそ同士撃ちなんてことにならんともかぎらんよ。いや、冗談じゃなくね」

「ひょっとすると『かが』の妙な動きと、今度の本艦の緊急出港とは、なにかリンクしているんじゃないでしょうかね」

「病人が出たとかなんとかで『かが』になにかあったにしても、それこそうちのほうに直接連絡があるだろう、ふつうはね。第一あれは病院船にもなるくらいだから、よほどの重病でもないかぎり艦ごとどこかの港にってことはないだろう。

　今回は常駐の衛生官だけじゃなく医官も乗せてると聞いてるよ。こっち（すずつき）とは違って、いざって時には人員や物資の輸送もできるヘリだってあるわけだし……。まさかインフルエンザや麻疹の艦内感染ってこともなかろう。

それにしても予定した合流点から離れるってのに、なんでこっちに連絡してこんのかねえ」

長塚は自身の若干の興奮に気づくと、トーンを落として重ねた。

「まあ、仮にその何かがあったにしても、どこからも達しがないところをみると、たいしたことじゃないのかもしれんね。『かが』にしても明日か明後日には、あのでかい図体で、しれっとしてやってくるんじゃないか」

実際、長塚は心の内でそう願っていた。

島の防衛を支えるにしても、僚艦のいない個艦単艦では、いざという場合にできることもかぎられてくる。そんなことは司令部サイドでも承知しているはずだし、このまま「かが」が持ち場を離れるとは思いたくなかった。

あるいは「かが」の代役を果たすことができる「いずも」や「ひゅうが」といった他艦が来てくれたら、それに越したことはないが、この二艦はすでに別の任務についている。もう一隻のひゅうが型「いせ」も、定期点検でドック入りしている。現在の状況では無理であろうと思う。

——とにかく、まずは予定された位置につくしかない。

長塚艦長は、そう腹をくくると副長へ告げた。

「あんた、到着するまで少し寝ておいたほうがいいんじゃないか？　いまのところ池田三佐がうまくやってくれているようだし、特に問題はないと思うが。明けてから長い一日にならんともかぎらんのでね」

「はい。しかし、艦長もまだ短時間の仮眠しかされてないのでは?」

「いや、よく寝たもんだから目が冴えててね。あんたもいまのうちに」

「では、そうします」

＊

それから三〇分と経っていなかった。

眠れないままＣＩＣにあがっていた長塚二佐は、哨戒長の池田三佐よりも先に突然発した当直の電測員の声に驚いたというよりは、本当かと訝しく思いながら頭をひねった。

「対空目標、三一〇度、目標複数、多数、七機……八機、九機……それ以上。本艦の方向または宮古島方面へ近接」

――まさか飽和攻撃か?　ミサイル?

艦長の長塚は、とっさにそう思いながらも、口を出さず哨戒長に委ねた。

「艦長、複数の対空目標を探知しました。対空戦闘用意、下令します」

「よし、おこなえ」

カーン、カーン、カーンと戦闘用意を告げる警報が艦内に鳴り響くなか、哨戒長が発した。

「対空戦闘用意、総員、対空戦闘よーいっ!」

わずかな当直員以外は就寝中のはずだが、一分と経たずにＣＩＣには電測員ほか所定の要員たちがなだれ込んできた。

平時の訓練と同じく、どの顔も腫れぼったいが赤い目はすでに生気を帯びてぎらぎらしている。それが艦長には、やや不満げな怒気を帯びているようにも見えたが、部下を信じるほかない。

「さきほどの目標は一一機、訂正一二機、なお本艦へと近接する。距離二〇〇キロメートル、的速六五〇ノット（時速約一二〇〇キロメートル）、ミサイルと思われる」

「了解。目標はミサイル、一二機、距離二〇〇キロメートル、的速六五〇ノット。艦長、この目標に対し射程内に入り次第、ＶＬＳで対処します」

「了解。射程内に達するまで逐次報せ」

艦長の弁に哨戒長が復唱する。

「了解。目標について射程内に達するまで逐次報告します」

国産の射撃指揮装置ＦＣＳ‐３Ａは、ＯＹＱ‐11と呼ばれる戦闘指揮システム（戦闘指揮のための艦載コンピューター）と高性能多機能レーダーで構成されるシステムで、米海軍仕様のイージス・システムに次ぐ高い防空性能を有する。

その最大探知距離で複数の目標を捕捉することができたが、この遠距離で迎撃できる艦対空ミサイルは「すずつき」には搭載されていなかった。

ＶＬＳは Vertical Launching System（バーチカル・ラウンチング・システム）の略で、ミサイルの垂直発射システムだが、「すずつき」にはＭｋ（マーク）41Ｍｏｄ（モッド）29が装備されている。

これには全部で三二セルのミサイル格納庫兼発射器があり、各セルごとに各種のミサイルが一基ずつ収められており、これらを単発あるいは連発で発射する。

このうち敵機や敵ミサイルを迎撃する対空ミサイルは、発展型シースパローと呼ばれるもので、自艦のみならず僚艦に向かう敵機や敵ミサイルも撃墜することができる。

全長約三・七メートル、直径は約二〇センチメートルで、重さ約二三〇キログラムのそれは固体燃料ロケットで飛翔する。目標を直撃できなかった場合でも、破片効果で目標に損傷を及ぼす弾頭を持ち、高い命中率を誇る。

ただし、射程はわずか二六キロメートルほどで、二〇〇キロメートルどころか一〇〇キロメートル先の目標にも遠く届かない。

イージス・システムのスタンダード・ミサイルSM-2ERでさえ、せいぜい一〇〇キロメートル程度で、弾道ミサイル迎撃型でもなければ二〇〇キロメートル先の目標の撃墜など無理なのだ。

おそらくは中国軍によるものと思われるが、目下のところどこの国のものかわからないミサイルが一〇分かそこらで、本艦か宮古島へ到達する。

艦長は、これが現実のことだとは思いたくなかった。

目標はミサイルではなく空自機か米軍機の編隊で、事前の告知なく実施された実戦に即した演習なのだと。そして、レーダーに捕捉されたその目標が、実機ではなくダミーならなおさらよいとも。

「対空目標、一二機、なお本艦へと向かってくる。距離一五〇キロメートル、的速六五〇ノット」

「対空目標、一二機、本艦へ近接、距離、一〇〇キロメートル、的速変わらず、六五〇ノット」

一、二分ごとに電測員が送ってくる報告に、長塚艦長はこれまで訓練や演習等では感じたことのない心臓の強い鼓動をはっきりと意識した。

いまの速力のままなら、一〇〇キロメートルを切れば五分以内に弾着することになる。

「哨戒長、ミサイルの種別はわかるか?」

艦長は自分を落ち着かせるかのように、あえて穏やかな口調で、そばにいる哨戒長へ訊ねた。哨戒長の池田三佐は即座に応じて、電測員に同じ質問をした。

「捕捉中のミサイルの種別を報せ」

間髪いれず電測員が答えを返してきた。

「了解。捕捉中のミサイルはＳＳＭ、地対艦ミサイルと思われる」

「了解。艦長、目標は地対艦ミサイルと思われます。射程からＤＦ‐21に類するものと考えられます」

「そうか、東風だな？」

「はい、そのようです」

「それなら近くに中国のエリント（電子戦・電子偵察）機は確認できないか」

長塚が思ったのは、目標が中国のＤＦ‐21、中国名「東風（ドンフェン）」なら、対艦用のそれは味方電子戦機等からの情報を得なければ終末誘導ができない。すなわち、移動する洋上の艦には命中させることができないということだった。

敵の狙いが本艦であるなら、仮にこちらが目標そのものを迎撃できなかったとしても、誘導を支援する電子戦機を叩くことができれば被弾率を大きく下げることができる。

自艦からの攻撃は無理でも、リンクを通じて近くの艦や空自による攻撃が期待できるかもしれない。

哨戒長にもそれはピンときたはずで、艦長はそれ以上は問わなかった。

「本艦から二〇〇キロメートル圏内の空域における国籍不明の電子戦機および偵察機の有無を確認せよ」

哨戒長の指示に電測から報告があがるまで、今度は十数秒を要した。

「本艦から二〇〇キロメートル圏内には国籍不明

の電子戦機、偵察機、いずれも確認できない。なお、リンクにより那覇の北西二〇〇キロメートルに味方空自機のＥ‐２Ｃ早期警戒機を確認。この空自警戒機は本艦のレーダー最大探知圏外」

地上発射型の中距離弾道ミサイルＤＦ‐21東風には、いくつかのタイプがある。最新のものは高い命中率を有しており、特にＤ型は地上の固定目標だけでなく、洋上の大型艦も標的とすることができるといわれている。

射程はゆうに一五〇〇キロメートルを超えるため、中国内陸部からの発射が可能だ。しかも移動式の発射機を用いることから、発射機自体への攻撃は空襲による以外は、ほぼ困難とされる。

したがって、発射されたミサイルを撃ち落とすしかないが、弾道ミサイルであることから、その迎撃の機会は限定される。

大気圏突入前か、大気圏から落下してくるところをイージス艦によって迎撃するか、あるいは終末誘導に必要とされる数分のうちに対空ミサイルを放つかだ。

仮にＤＦ‐21であったとしても、ミニ・イージスとはいえ「すずつき」単艦では、それが中国のどのあたりから放たれたかを知ることは不可能だった。弾道ミサイル迎撃システムを持つイージス艦でさえ、ミサイルの発射地点や発射の事実は、衛星や司令部から情報を得る必要がある。

しかし、この時の「すずつき」は、リンクを介してもそうした情報は得られなかった。いや、日米いずれもＤＦ‐21自体の発射を確認できていないのかもしれない。

それに報告された空域に空自のＥ‐２Ｃがいたのなら、ＤＦ‐21の発射を捉えることは無理でも、飛来するさまは探知できたはずだ。だがリンクを通じて、まだその報せはあがってきていない。

Ｅ‐２Ｃホークアイ（タカの目）は米軍が一九五〇年代に開発し、六〇年代から配備されたＥ‐２の改良型で、「空飛ぶレーダー（基地）」の異名を持つ。

Ｅ‐２Ｃ以降も現在までレーダーや各種のアビオニクス（航空電子機器）、エンジン等が逐次アップグレードされた。ついにはＥ‐２Ｄへと進化し、空自も二〇一九年以降、このＤ型を導入するに至っている。

もともと米海軍の大型空母に搭載し、上空から空母艦隊の全周を警戒して早期に敵機や敵艦隊、敵のミサイルを捕捉するために作られたものだ。

そのため主翼を畳むことができ、背に載せた直径七メートル超のレーダーに比し、機体は全長一八メートル弱でＦ‐15Ｊ戦闘機よりも短く、非常にコンパクトにできている。

空自がＥ‐２Ｃの運用を開始したのは一九八三年。一九七六年に、地上レーダーでも戦闘機のレーダーでも追尾できなかった旧ソ連軍ミグ機の侵入を教訓としてだった。

ただ、これまで空自の「空飛ぶレーダー基地」の場合は、艦からではなく陸から飛びたち、所定の時間ごとに交代で上空から監視することで、そうした死角をカバーしている。

すでに三〇年を過ぎて機体の旧式化は否めないが、搭載するＡＰＳレーダーはこれまで何度かアップグレードされている。その最大探知距離は、自機が高度九〇〇〇メートルに位置する場合には、五〇〇キロメートルを超える。

乗員は三名のオペレーター（情報・管制要員）

と二名の操縦士の五名からなる。巡航速度は時速五〇〇キロメートルで、航続時間はおよそ五時間から六時間、哨戒空域に最長四時間滞空して哨戒任務にあたることができる。

「いずも」「かが」を就役させているにもかかわらず、なぜいまだにこのE-2Cを艦載機として運用する動きが海自にも空自にもないのか、長塚には不思議でならなかった。

　おそらく、海空間のセクショナリズムが一番の原因なのだろう。またそれ以上に、空自機を海自艦で運用するにしても、多くの改修が必要となるということは十分に理解できる。

　しかし、各種の航空機を搭載可能な艦を有しながら、現在でも海自が自前でできる艦隊上空の警戒は、航続距離も滞空時間も短い艦載ヘリか、そうでなければ陸からやってきた飛行艇や大型哨戒機にかぎられている。

　海自は数は十分とはいえないものの、先進諸国の中でもトップクラスの艦隊を有するにもかかわらず、米海軍のような艦隊直の偵察機、警戒機を保有していないのである。

　艦のレーダーが発達したいまでも、上空で数百数千の目標を広範囲に捉えることのできるE-2Cや、それを上まわるE-767AWACS（エイワックス）の探知距離、探知能力にはかなわない。

　いまほどにレーダーが発達していなかった第二次大戦中の日米空母艦隊の決戦、すなわちミッドウェー海戦の勝敗を決したのも、結果的に艦のレーダーの脆弱（ぜいじゃく）性をカバーした航空偵察だった。

　――格闘家がどんなに肉体を鍛錬しても、視野がかぎられる、あるいは近くしか見えないということでは、競技であれ実戦であれ、それは時に命の危険に直面する。人も艦も同じことだ。

長塚は一艦長にすぎない自分でさえ気づいているこのことに、統合幕僚監部（統幕）や海上幕僚監部（海幕）といったトップの面々が気づいていないとは思えなかったし、また思いたくもなかった。

だが、今度のような有事の際には、現場つまり艦隊にとって生死にかかわる問題となる。いや、現にそうなのだ。

平時の訓練や演習でも予定調和ばかりでなく、不測の事態を想定することもある。有事対処では、それを超えた不可解な状況に遭遇するということを、長塚は初めて知ることになった。

それは艦長の自分ばかりでなく、クルーの全員が同じであろうと思う。

——とにかく敵のエリント機を確認できない以上、やはり単艦でこれを撃つほかない。

艦長はそう決断した。その時だった。

「艦長、石垣島の西二〇マイル（約三七キロメートル）の『こんごう』からです。目下、本艦と同じ目標に対し、対処中とのことです」

哨戒長の報告に艦長は、ふっとひと息吐いてから返した。

「了解。本艦においても目標の捕捉および対空戦闘を継続せよ」

「こんごう」こそ、海自初のイージス艦であった。このＤＤＧ‐１７３の就役は一九九三年にまでさかのぼるが、すでに艦齢が三〇年近くになるいまも第一線の実用艦である。そのイージス・システムはＢＭＤ、すなわち弾道ミサイル対処型へとアップグレードされている。

おそらくまだこの先一〇年、いや一五年と使われ続けるに違いないが、長塚は過去にイージス艦への乗艦経験はなかった。佐地監（佐世保地方総監部）と村空（大村航空隊）での陸上勤務以外は「あさゆき」に始まり、「さわぎり」「むらさめ」「たかなみ」「あきづき」、そして「すずつき」である。

いわば護衛艦隊の基幹である汎用護衛艦のエキスパートであり、長塚自身は対空戦よりもＡＳＷ（対潜戦）を得意としていた。

ＦＣＳ‐３Ａによる最新の対空戦の要領は、五年ほど前に「あきづき」の副長時代にすでに体得していた。ただイージス艦については、二〇代の尉官当時の一年にも満たない乗艦実習以外、基本的な知識と理論を有するにすぎない。

それでも、イージス艦「こんごう」が対処にあたっていながら、敵ミサイルに気づくのが遅かったのか、あるいは射程の問題からか、本来ならすでに何発かの敵ミサイルを迎撃していてもよさそうなものだが、目標の数が減っていないことが長塚艦長には解せなかった。

――ひょっとして、うち（すずつき）で捕捉しているのは、「こんごう」の初動対処に漏れたやつかもしれない。すると、敵は一二発以上のＤＦ‐21を発射したことになるが、そんな無茶を中国が本当にやったというのか。いや、あの国がはたしてそれだけの斉射をできるのか。もしそうなら標的は、やはり自分たち洋上の複数の艦ということなのか。あるいは……。

逡巡していても始まらない。

「対空目標、二機消失。現在一〇機を確認、距離八〇キロメートル。目標やや西に変針、目標は宮古島へ向かうものと思われる」

——なっ！

艦長は言葉をのみこむ。敵に裏をかかれたのかと、いくらか青くなったものの、それを隠して哨戒長の出番を待たずに発した。

「了解。第五戦速（時速約三〇キロメートル）、これよりまっすぐ宮古島に向かえ」

哨戒長が復唱し、艦橋へと発した。艦橋から航海長が応答すると、航海長からの指示を受けた機関科が即応して、ジェット機かと思うような甲高い音を発しながら、ガスタービン・エンジンの出力が急激に上がった。

「総員、衝撃に備え」

その艦内放送から一分と経たず、荒波を蹴って五〇〇〇トンの鉄の戦闘艦が疾駆し始めた。

まだ就役して一〇年と経たない艦がドドン、ガガッ、ゴーンと大きな唸り声と強い振動を発しながら、ローリングとピッチングを繰り返す。

それでも、おそらく「すずつき」のシースパローの射程圏に入る前に、ミサイルは宮古島に弾着するに違いなかった。

頼りとするのは「こんごう」だ。残る一〇機のうち何機を撃墜できるかにかかっている。

とはいえ、そのうち一機でも撃ち漏らせば、命中率の高いＤＦ‐21なら島のどこかに弾着するはずだ。

むろん、基地や人家を外して落下したらそれでよい、不発弾だったらそれでよい、ということにはならない。

——いったい中国は何を考えてるんだ！　宣戦布告もせずに、いきなりミサイル攻撃とは。

長塚は湧きあがる怒りを懸命に抑えながら、味方の艦が敵のミサイルを一発でも多く迎撃してくれるようにと願った。

「新たな対空目標を探知。二九〇（ふたひゃくきゅうじゅう）度、目標は六機。目標はミサイルと思われる。距離六〇キロメートル」

電測のその報告に長塚は「了解」とだけ発して、眉をひそめるしかなかった。

「先ほどの目標は『こんごう』から発射されたスタンダード・ミサイル（SM-2ER）と思われる」

その瞬間、艦長の長塚は「うん」あるいは「よしっ」といった感じのクルーたちの声にもならない、いくつかの声を聞いたような気がした。むろん長塚も同じ思いだった。

理論上、イージス艦は別々の一二の対空目標に対して同時対処できる。

つまり、それが敵機であれ敵ミサイルであれ、一二までの対空目標であれば、ほぼリアルタイムでVLSから発射する迎撃ミサイル（SM-2ER）により撃ち落とすことができるのだ。しかも一〇〇パーセントの必中とはいかないまでも、非常に高い確率で命中する。

仮に命中しなかった場合でも、次弾発射までの時間が短く、連射によって数十キロメートル先の目標を確実に落とす。まさにミサイルによるイージス（盾）と化す。

「目標敵のミサイル、現在五機、なお宮古島へ近接中。目標と宮古島との距離、現在約三〇キロメートル、的速六五〇ノット変わらず。

敵ミサイル一〇機のうち五機が消失、スタンダード・ミサイル六機消失。敵ミサイル五機は『こんごう』のスタンダード・ミサイル六機により撃破されたものと思われる」

命中率八〇パーセント、六機のSMで五機の敵ミサイルを落としたのだ。

――それでも、まだ五機も。

長塚には、味方の艦が敵ミサイルを五機迎撃したことへの喜びよりも、五機五発の敵ミサイルが宮古島の味方部隊に降り注ぐ光景が想像され、思わずくちびるを噛んだ。

「新たな対空目標を探知。目標は三機、本艦からの距離一四〇キロメートル、高速で北へ進む。目標は『こんごう』のスタンダード・ミサイルと思われる」

それから一分と経たなかった。

「敵ミサイル五機のうち三機消失、『こんごう』のスタンダード・ミサイル三機消失。敵ミサイル三機はスタンダード・ミサイルにより撃破されたものと思われる」

――米海軍のイージス・システム搭載艦は九〇隻。しかも一部の艦には、すでに次世代型スタンダード・ミサイルのＳＭ‐６が装備されていると聞くが、こちら（海自）のイージス艦はわずかに八隻、装備するのもＳＭ‐２と弾道ミサイル迎撃用のＳＭ‐３だけだ。

時間と距離の関係を測れば、いくらイージス艦「こんごう」であっても、これ以上は敵ミサイルの弾着前の迎撃は不可能であろうと長塚は思った。

一二目標への同時対処可能な「こんごう」が、なぜ早い段階で斉射に至らなかったのか。なぜ六発、三発と小出しで対処したのか。

そう疑問に思えるのは、おそらく自分がイージス艦を指揮したことがないからだろうと「すずつき」艦長の長塚は思うほかなかった。

ただ、撃ち漏らした敵ミサイルが二機（二発）とも、宮古島付近で自艦のレーダーから消えたことの意味を、当然ながら長塚もクルーたちもわかっていた。

一時間前　魚釣島沖

尖閣諸島は沖縄県石垣市にある。

その尖閣諸島の一島「魚釣島」は、石垣市役所のある石垣島から北へおよそ一七〇キロメートル、宮古島からは北西におよそ二一〇キロメートルだが、那覇からだとその二倍の四二〇キロメートルにもなる。

那覇から武装した空自F‐15J戦闘機がマッハ1で飛んでくれば二〇分かそこらだが、護衛艦の場合は、最大戦速の時速三二キロメートルで疾駆しても一三時間を要する。

一方、大陸から魚釣島まではおよそ三三〇キロメートル。そう、那覇からよりも九〇キロメートルも近いのだ。

この海の入り口を守り制するには、艦にしろ航空機にしろ交代での布陣は欠かせない。むろん平時の主役は、海上保安庁の巡視船艇や航空機だが、目下の状況はその一線を越えていた。

日本側は前方に六隻の巡視船と、その後衛に五隻の護衛艦を配置。計一一隻が尖閣諸島を構成する五つの島の沖にそれぞれ張りつき、中国公船および中国軍艦の不法行為を許すまいと二四時間体制で、それもほぼ臨戦態勢で臨んでいた。

第一一管区海上保安本部は那覇、中城（なかぐすく）、宮古島、石垣の四箇所に海上保安部を置いている。計四〇の船艇を有するものの、そのうち外洋での凌波性を持つ大型船はわずかに三隻にすぎず、一〇〇〇トンクラスを含めても半数に満たなかった。

そのため尖閣方面での任務には、平時より第一〇管区（鹿児島）や第七管区（佐世保）からの応援を受けていた。ただ、それでも稼働できる大型船はかぎられていた。

巡視船であれ護衛艦であれ、船舶は自動車と同じように法律で定期の保守と点検が義務づけられている。三ないし五年ごとの定期検査のほかにも年次検査、臨時検査という具合で、その内容も細部にわたる。検査とはいえ、大型船ともなれば、とうてい一日、二日では終わらない。

結局、保有する船のすべてがいつでも使えるというわけではない。その時々の稼働数は、検査以外にも修理や改修の要といったことを考慮すれば、全保有数の三分の一から多くても三分の二にならざるを得ない。

特に護衛艦の場合は船体や機関の整備、修理だけでなく、艤装品や装備品、システムのそれも必要となる。しかも風雨や温度の変化、塩害、衝撃等、過酷な環境で使用されるこれらの船や艦の装備品は、クルーの側で日頃のメンテナンスを欠かさなかったとしても、突然の故障やトラブルもめずらしくない。

二〇一九年の時点で、海上保安庁のヘリ搭載可能な大型巡視船は一四隻、一〇〇〇トンクラスの巡視船は四七隻だった。

同様に、海上自衛隊の補助艦艇や潜水艦をのぞく主力護衛艦（水上艦）は四八隻。両者を合わせれば一〇九隻の大艦隊となる。ただし実動可能な数は、三〇隻から六〇隻にまで落ちる。

さらに実動、待機、休務の三体制に分けると、実際に常時現場海域で任務につく艦船は一〇隻から二〇隻程度で、仮に待機中の艦船のすべてを増派してもその倍程度にしかならない。それも、尖閣方面にすべてを投じた場合の話である。

実際には日本海や東シナ海、あるいはオホーツク海といった北の海にも振り分ける必要がある。

素人なら、海自の主力護衛艦が四八隻もあるのだから、少なくともその半数の二十数隻を尖閣にまわして、海保の巡視船とともに中国艦の出鼻を挫けばよいと言いかねない。

だが、現実の中のリアルは机上やPCのウォーゲームとは異なり、そうした理屈は論外となる。まわしたくても、まわせる数が初めから不足している。周囲をぐるりと海に囲まれた国を守るとは、そういうことなのだ。

数の上だけでいえば、海保海自双方で一〇〇隻超の大型艦船を有しながら、実際にはそれでも十分とはいえない。

かつての旧海軍の空母保有論のきっかけもそこにあった。旧海軍は空母の建艦計画当初、その具体的な運用方針を決定していなかった。欧米の水上機母艦開発の動向を見て、ただ遅れまじと研究開発に着手したにすぎない。

しかし、ワシントン海軍軍縮会議およびロンドン海軍軍縮会議による新造艦の制限から、どうせ多額をかけて新造艦を作るのであればと、水上機母艦の航空戦力を上まわる空母を作ることにした。

戦艦や巡洋艦の新造を大幅に制限された日本は、まだ制限の緩かった補助艦としての空母を保有することで、欧米との戦力比の拡大を抑えようとしたのだ。

つまり、今日の米海軍のような外征型の空母艦隊ではなく、国土防衛に不足する自軍艦艇の数を補うべく、渡洋して日本へ迫りくる米艦を、まず遠く洋上にあるうちに航空戦力と潜水艦で討つとの算段を立てたのである。

これにより米艦隊を大きく減勢する。それでもなお来襲する米艦は、戦艦を中心とした虎の子の艦隊との決戦により掃討、駆逐するという策である。

こうして時間と熟慮と多額の費用を投じて整備された空母艦隊を、当時の一将軍の固執、思いつきというほかない愚策の数々によって、日米開戦後、一年と経たずに失ってしまった。

連合艦隊司令長官となった山本五十六海軍大将は、優秀なジェネラリストではあったものの、およそ優れた戦略家とはいえなかった。

そのジェネラリストが戦略戦術のエキスパートとして起用されたことが、そもそものまちがいだったのである。日露戦争における奉天会戦時のロシア軍総司令官アレクセイ・クロパトキンがそうであったように。

だが、山本長官には確信があった。空母の艦載機で洋上の敵艦隊を迎え撃つことができるのなら、こちらから討って出て、洋上の孤島にある敵部隊や敵艦隊を撃滅できるはずだと。

くしくも日米開戦前年の一九四〇年に、イギリス海軍の空母艦載機がイタリアのタラント軍港奇襲に成功したことが、山本の主張を大きく後押しすることになった。

山本の誤算は当時の海軍部内、いや日本国内で誰よりも米国通であったはずの彼が、肝心の米国人気質やホワイトハウスの考えをまったく読めなかったことにある。

後世、いまだに成功と一部には目されている開戦劈頭（へきとう）のハワイ奇襲も、ただの幸運にすぎなかったというのが、今日では多くの識者の意見となっている。

それどころか、あれはアメリカの策略に乗じてしまったのだ、とも。

いずれにしろ、同じ愚をいま現在の日本はけっして犯してはならなかった。

尖閣をめぐる日中間の争いの起点は、両国による領有権の主張にある。

日本側の言い分としては、そもそもここ（尖閣諸島）はむかしから日本の領土であり、本来領有権の争いなどあり得ないということになる。

やっかいなのは、中国のみならず台湾もまた、「釣魚台（ディヤオユータイ）（魚釣島の台湾名）は自国の一部」との意思を表明しており、特に二〇〇〇年を過ぎてからは三つ巴の様相を示すようになったことだ。

しかも当初は中国領であると主張していた中国は、台湾の言い分に寄せるかのごとく、もとは台湾の一部であり、台湾は中国領であるから尖閣も中国領であるとの変節に及んだ。

これに不快感以上の拒否感を示したのは、当の台湾だった。

国内で意見は分かれているとはいえ、基本的に台湾の中国属国化など容認できるはずもない。ここにきて台湾はこの問題には距離を置き、日中間の争いの行方を追うにとどめることになった。

だが中国は、そうではなかったのである。

*

第四護衛隊群第八護衛隊のイージス艦「あたご」は、もう一か月近くも、魚釣島周辺での対中国艦監視任務についていた。

その日も巡視船「あきつしま」の後衛につくか

のように、同船の南東一〇マイル（約一九キロメートル）の距離を維持していた。

一九キロメートルといえば、東京駅から西へは武蔵野、三鷹、東へは船橋といった各市に至るほどの距離となる。だが、二点間の直進が可能な海上では、艦でも三二ノット（時速約五九キロメートル）の高速なら二〇分ほどで到着する。

それよりも、中国艦に近寄りすぎて軍艦同士が対峙し、不測の事態を生みださないことのほうが大事であった。

戦時ではなく平時における領海侵犯対処は、あくまでも海上保安庁、巡視船艇、それに同庁航空機があたらなければならないからだ。

基準排水量六五〇〇トンの「あきつしま」は、あきづき型、あさぎり型、むらさめ型といった海自の主力護衛艦をしのぐ大きさで、総トン数（七〇〇〇トン超）でいえばイージス艦に匹敵する。

全長全幅はイージス艦よりひとまわり小さく、「あきづき」「むらさめ」などと大きく変わらない。

第一〇管区から応援のために派遣されて、すでに一か月が経ち、乗組員の疲労の度も増していた。

二機のヘリコプターを載せ、口径四〇ミリ機銃のほか計六基の「機銃」（実際は機関銃、機関砲）を備えており、武装は爆雷をのぞけば、第二次大戦中の駆潜艇に相当する。

もとは日本でのプルサーマル発電のために、フランスで保管されていたその燃料となるプルトニウムの海上輸送とハイジャック対策を目的に、長期航海に耐えうる巡視船として開発、就役に至った。尖閣問題以降はその特性を生かし、幾度となくこの方面へと派遣されている。

二〇一五年には天皇のパラオ行幸に際して、パラオのホテルは警備上難ありということで宿泊所ともなった名誉ある船でもある。

その「あきつしま」からそう遠くない領海ぎりぎりに迫る二隻の中国公船と三隻の中国艦が、「あたご」の目下の監視対象だった。

異変が起きたのは真夜中、午前一時を過ぎた頃だった。

二隻の中国艦のうちの一隻が突如、高速で領海内に侵入、「あきつしま」めがけて突進してきたのだ。

それまでの578「揚州」とは代わり、寧波（ニンポー）に司令部を置く東海艦隊所属の136「杭州（ハンヂョウ）」だった。

杭州級駆逐艦は、もとは旧ソ連海軍のソヴレメンヌイ（現代の意）級駆逐艦だが、駆逐艦とはいえ排水量は八〇〇〇トンにも及ぶ。全長約一五六メートル、全幅約一七メートルで、「あきつしま」に匹敵する艦体が三〇ノット（時速約五六キロメートル）の高速で闇の中をまっしぐらに迫ってくる。

日本側が予想だにしなかった暴挙に「あきつしま」は変針して危険回避措置をとった。同時に、無線によって中国語、英語の順で、領海侵犯の事実と退去通告のメッセージを二度、三度と発した。

しかし、該船（杭州）はなんの返信もよこさず、明らかに変針後の「あきつしま」めがけて進む。

新聞やテレビは、海保の巡視船と距離を開いて並進する中国公船の姿しか伝えないが、実際には監視する巡視船を威嚇、翻弄するかのように増速や減速、変針を繰り返し、時に危険を感じさせるほど肉薄することもめずらしくない。

巡視船に対してさえそうである中国公船は、日本漁船に対しては、さらに執拗な嫌がらせや威嚇に及ぶ。そのため巡視船にはこうした漁船の保護任務も課せられていた。

だがこの日は、たんなる嫌がらせや威嚇に終わらなかった。しかもそれは公船、すなわち海警局の艦ではなく、あきらかに中国海軍の駆逐艦、すなわち軍艦だったのである。

「あきつしま」に挑んできた「杭州」は夜にもかかわらず、機関砲ではなく主砲を放ってきた。

同艦の主砲は口径一三〇ミリの連装速射砲だ。射程は二〇キロメートル超、給弾から発射まで全自動で制御され、重量三〇キログラム超の砲弾を一分間に八〇発から九〇発を発射できる。旧ソ連の射撃指揮装置と連動しており、命中率も高い。

一九八〇年代の旧ソ連時代に開発されたもので、ミサイル戦の時代には旧式な感は否めない。それでも、せいぜい口径四〇ミリかそれ以下の機関砲、機関銃しか装備していない巡視船にとっては、大きな脅威となる。相手はこちらの射程外から攻撃できるのだ。

「杭州」は「あきつしま」まで約五マイル（約九キロメートル）に迫ったところで初弾を放った。

数秒と経ず、すぐに次弾、三弾と撃ってきて、弾はいずれも「あきつしま」の前方一〇〇メートルあたりの海へと弾着した。

さらに十数秒と経ずに三連射、四連射と繰り返した。威嚇としては過剰とも思える一〇発を超える主砲弾を「あきつしま」の周辺に落としたのである。

「あたご」は、この状況を「あきつしま」からの音声による通信と「杭州」が発する射撃管制レーダーの捕捉等によって把握していた。ただ「あきつしま」の側でも「あたご」の側でも、中国艦の意図を正確に読み取ることはできなかった。

――警告射撃のつもりなのか、あるいは危害射撃なのか……。レーダー照準にもかかわらず夜間で照準が定まらなかった、ということはあり得ないと思うが……。

これが、実弾を目標へと命中させることを目的とした危害射撃なら、彼我の距離九キロメートルで十数発を放ち、一発も命中しなかったというのはおかしい。

一方、警告射撃のつもりなら、なぜ夜間にやる必要があったのか。それに、なぜ機関砲ではなく主砲だったのか。

たしかに射線を相手に見えやすくするためなら、曳光弾が弾筋を曳く夜間のほうが適している。だが、それを可能とするのは連射が可能な機関砲である。速射はできても連射のできない主砲を放つ意味はない。

それに通常、警告射撃の多くは万一、相手に命中しても被害が少ない、口径の小さな機関砲や機関銃でおこなう。「次は当てるぞ。さっさとここから去れ！　こちらの指示に従え！」という警告のための射撃だからだ。

ところが「杭州」は突然、主砲を撃ってきた。命中を期していたか否かは別として、当たれば当然「あきつしま」は損傷をまぬがれない。それどころか、乗組員が死傷することもありうる。

それを承知で「杭州」は撃ってきたと、日本側としては考えないわけにはいかなった。

ソヴレメンヌイ級駆逐艦、すなわち杭州級は設計も開発時期も古いとはいえ、海自や米海軍の主力艦同様、主砲のほかにも対艦ミサイル、対空ミサイル、対潜ロケットを備えた多用途艦で相当の攻撃力を有する。

　その気があれば、「あきつしま」も対艦ミサイルの一撃で仕留めていたはずだが、そうはしていない。

　標的とされた「あきつしま」以上に「あたご」の艦長は、中国艦のこの突然の不可解な暴走の理由を探りかねていた。

　――極度の緊張に「杭州」の艦長はじめクルーたちの神経がおかしくなったのではないか。奇妙な集団心理に憑りつかれた末の奇行ではないのか。

　冗談ではない。事実、過去に中国艦は艦長の独断と思われる指示によって、海自艦に射撃管制レーダーを繰り返し照射してきたという前科がある。

　二〇一三年一月、中国の江衛（ジャンウェイ）Ⅱ型フリゲート艦522「連雲港（リィエンユンガン）」は、尖閣諸島の北一八〇キロメートルの東シナ海の海上において、三キロメートル離れて睨みあう護衛艦「ゆうだち」に向けて射撃管制レーダーを照射した。

　これについて国内の報道は、中国共産党指示説と艦長判断説の双方を取り上げたものの、結局、事実の把握には至っていない。

　むろん「あたご」の艦長も、「杭州」の暴走の背景など知るよしもない。ただ眼前の大事に対してただちにどう対処すべきか、その一点に集中するほかなかったのである。

　護衛隊司令部には、すぐに報告を入れた。

　そこから群司令部、そして自衛艦隊司令部、さらには海幕あるいは統幕へとあがり、幕僚長が防衛大臣や内閣に報告し、そこから指示を仰ぐとすれば、いままさに古い温泉街に見られる射的場の的といった状況に置かれている「あきつしま」は、次には被弾して景品棚から落下する景品のごとく海に没するかもしれない。

　この時の「あたご」は、艦長判断によってこの事態に対処する必要があった。

＊

「総員、対艦戦闘用意！」

「あたご」艦内にそう下令されると、当直員以外就寝中であったクルーたちは全員持ち場へとつき、同艦は二分と経ずに対艦ミサイルの発射準備を終えたのだった。

「哨戒長、どうだ。『あきつしま』から被弾したとの報告はきているか」

「直接被弾したとの報告は受けていませんが、至近弾もしくは回避中の急な変針等によって、乗組員数名が負傷したもようです。詳細はまだ不明ですが、うち一名は頭部を負傷しており、至急治療を要すとのことです」

「そうか、頭を？　つまり、中国艦の砲撃によって負傷者が出たんだな」

「はい、そのようです」

「よし、各部各科の当直員は、このことをいまの時間で記録しておくように」

「了解。中国艦の砲撃にともない『あきつしま』に負傷者が発生した旨、各部各科にて記録します」

　――とにかく一刻一秒を争う『あきつしま』の負傷者を、ヘリで陸へと搬送できるようにしてやらんといかん。

「ただいま〇一三〇（まるひとさんまる）、中国艦の砲撃により『あきつしま』乗組員に負傷者が出た。これによってすでに正当防衛の要件が発生したものと考えられる。本艦は、これより中国艦『杭州』に対して反撃をおこなう」

「あたご」艦長はそう発すると、次に対艦ミサイルの発射準備を命じた。

「あたご」には、国産の九〇式艦対艦誘導弾SSM-1Bが装備されている。射程は一〇〇キロメートルをゆうに超え、ほぼマッハ1の速度で飛翔する。発射後すぐに海面すれすれを飛ぶシースキミングに移り、敵艦のレーダーに探知されにくくする。

敵艦もミサイル迎撃の対抗武器を有しているはずだが、仮に阻止されたとしても、砲撃に屈せずとのこちらの明確な意思を示すことになる。

「SSM-1B、発射用意、よし」

砲術士からの報告を受けて、砲雷長が短く発する。

「SSM-1B発射よーい、発射っ！」

レーダーレンジで「あたご」からおよそ二五キロメートル離れた「杭州」にそれが命中するまでは、一分かそこらのはずだ。

ただし「あたご」の側では、命中の有無を確認することはできない。

これが航空機やミサイルといった対空目標なら、こちらが放った迎撃ミサイルの消失と同時に目標の消失がレーダー上で確認できれば、十中八九、命中したであろうとの予測ができる。

しかし目標が艦艇の場合、それは難しい。近づいて人間の目で火災や沈没のさまを確認するか、偵察衛星や味方航空機の支援により航空偵察の結果を得るほかない。

「あたご」は「杭州」と二マイル（約三・二キロメートル）と離れていない「あきつしま」からの報告を待った。

命中していれば、その瞬間「あきつしま」側では暗い洋上にパッと灯る火点が確認できるからだ。濃霧でもないかぎり双眼鏡を使えば肉眼でもわかるが、この船には新たにＩＲ（赤外線）カメラが搭載されており、夜間の海上捜索も可能だ。

「該船は艦橋付近に被弾したもよう。該船は艦橋付近から炎上している。速力が低下した。該船は艦橋付近から炎上している。大きな火炎をあげている」

弾着後に速力を落とし、砲撃を停止した「杭州」に一マイルまで近づいた「あきつしま」から報せがあった。

まだ近くには計四隻もの中国の艦船がいる。むろん「あたご」の側もこれらの艦船が、さらなる反撃に出る可能性があることを十分に承知しており、艦長ほかクルーの全員がそれに備えていた。

それから五分経ち一〇分経ち、三〇分を過ぎても、敵艦（中国艦）が反撃に出るようすは見られない。

被弾して火災が発生した「杭州」も静かに領海を離れていく。

ほかの四隻のうちの一隻がこれを護衛するかのごとく随伴するが、不思議なことにフリーであるはずの残る三隻も、これに続くように領海からゆっくりと遠ざかっていくことが、日本側艦船のレーダーによって確認された。

同日早朝　防衛省ＣＣＰ

未明に招集された安全保障会議は、空が白み始めても幕を閉じることはなかった。

ただ、現場の状況をリアルタイムで把握できるように会議の場所は市ヶ谷、防衛省のＣＣＰ（Central Command Post）に移されることになった。地下にある自衛隊中央指揮所である。

招集直後は自衛隊、内閣ともに事態の推移を見守ることが優先され、とにかく情報の収集に力を入れるしかなかった。

なによりも尖閣沖での日中艦船の衝突、いや海戦についての情報と、その後すぐに発生した中国軍によると思われる宮古島へのミサイル攻撃の情報収集が急がれた。

護衛艦「かが」も、同時期にミサイル攻撃を受けたらしいとの報せが官邸にも届いていたが、その第一報では詳細はなんら明らかにされていなかった。

二時間が過ぎ、三時間が過ぎて、ようやく事の次第が明らかになり、全体像が見えてきたものの、なお不透明なことは多かった。

「それで、中国国内から発射されたと思われる弾道ミサイル？　対艦ミサイルか……は、宮古島だけじゃなく『かが』も標的にしてたってことなの？」

重鎮の鈴木内閣官房長官は自衛隊制服トップの福田統合幕僚長（統幕長）へ、怪訝（けげん）そうな表情を向けて訊ねた。

福田は本来、この会議の構成員ではない。それでも国家安全保障会議設置法第八条の二「関係者の出席」によって参集者の一人とされた。意思決定に関わる権限はないものの、構成員たる各大臣への情報提供、提言の役を負う。

そしてそれは、時に大臣たちからの自衛隊批判を一身に浴びるという、割りを食う身に立たされることを意味する。

「はい。そのとおりかと思われます」

統幕長は聞かれたことだけに短く応じた。

官房長官は、それだけでは納得いかないというように畳みかけてくる。

「島くらいの大きさならともかく、何千キロも離れたところから発射したミサイルを、空母とはいえ、ああ、空母じゃないか。

まあ、空母ほども大きいとはいえ、動く護衛艦にだよ、命中させる技術が中国にはあるってことですか。私には、まだ信じられないんだけどねえ。一五〇〇メートルくらいの空の上からだって、タンカーなんかでも豆粒くらいにしか見えないよ。

それを高度一万メートルよりもっと高いところから落ちてくるミサイルでもって、船に命中させるなんて、そんな技術をあの国が持っているとはとうてい思えないんだが。アメリカとかロシアなら、あってもおかしくないと思うが」

「さらなる詳細を得ませんと、まだはっきりとしたことは申しあげられませんが、さきほどご説明したように宮古島、それに『かが』に弾着したミサイルが、中国のDF-21ということでありましたら不可能ではありません」

二人のやりとりに小野防衛大臣が割って入った。

「『かが』に命中したのは一発だけと聞いていますが、どの程度の損害だったのか、詳しいことはわかっていますか」

「はい。たしかに弾着は一発だけだったようですが、艦内で爆発した際、航空燃料に引火して火災が広範囲に及び、鎮火は不可能と判断。岡崎艦長みずからが指揮して総員退艦、要するに乗組員全員を退艦させたようです」

「ん？　そうすると現在、艦(ふね)は放棄して、誰も乗っていないってことですか」

「いえ。『かが』は総員退艦のおよそ二時間後に大爆発を起こして、宮古島の北三〇〇キロメートルの海上で沈没したもようです。退艦した乗組員の救助に那覇から向かった別の艦やP‐3Cが確認したとのことです。

なおこれまでのところ、沈没当時に周辺に民間船舶がいたことは確認されていません」

「そんな馬鹿なっ！」

思わず発したのか意図的だったのかはわからないものの、声を発したのは、はなから不機嫌そうな顔をしていた財務大臣だった。

「かが」は「いずも」型の二番艦だが、この型の建造費は一二〇〇億円にも達する。そして、艦載機のF‐35Bは一機一一〇億円で、四機では四四〇億円となる。

ほかに哨戒ヘリ三機に陸自のヘリも二機積まれており、一機あたりの調達費を五〇億円としても、五機で二五〇億円となる。つまり艦と航空機だけでも、総額一九〇〇億円の国家資産が海に消えたことになる。

だが、長期安定政権の安倍内閣のあとを継いだ岸川内閣を率いる総理にとっての気がかりは、乗組員の安否にあった。

むろんそれは、人道的見地からということばかりでなく、死傷者の状況によっては政権が危うくなるおそれがあるからであった。

「『かが』の損失も大きいと思いますが、乗組員の方たちのケガや健康状態はどうでしょうか。あってほしくないことですが、もし亡くなった方などもおられますと、政府としても全面的にご遺族へのご支援や補償等についても対応していかなければなりません。

統合幕僚長、そのあたりのこともお聞かせいただけませんか」

「いまのところ、被弾した際に乗組員五一二名のうち三名が死亡、二四名が負傷との連絡がきておりますが、死傷者を含めて乗組員全員が救助されたもようです。

今回殉職者まで出したことは痛恨の極みではありますが、ミサイルの威力を考えました場合、最悪三桁の死傷者が出ていてもおかしくなかったと考えます。ただ……」

海将でもある統幕長は、そこでいくらか言葉を詰まらせたあとに続けた。

「えー、艦長の岡崎一佐については、部下の何人かが懸命に退艦を促したものの、艦に爆発炎上の危険があるとして、艦を十分に沖へ出してから退艦するからと言い残し、副長にあとの指揮を託したのち、単身艦橋へとあがったそうです」

「えっ？　艦長は退艦しなかったんですか」

「はい。現在も沈没したと思われる現場海域で複数の巡視船、護衛艦、航空機等が捜索を続けておりますが、まだ艦長が発見されたとの連絡は受けておりません」

重い空気が場を席巻したものの、それを払拭するかのように統幕長は続けた。それは、岡崎艦長への敬意とも受け取れるものであった。

「『かが』はミサイル被弾の前に機関の故障により、急遽、佐世保へ修理、帰港の途にありました。この時、艦長判断により、乗組員三名を載せて哨戒ヘリ二機を那覇に送っております。

また、乗組員とは別に乗艦しておりました水陸機動団の陸上自衛官一八名も陸自ヘリ二機で、同じく那覇へ送っております。

また艦載機、これは……ああ、F‐35B四機全機も那覇へ送っており、結局、被弾時に搭載されていた航空機は哨戒ヘリSH‐60J一機だけであったようです」

「そうすると、そのヘリ一機以外、『かが』に載せていた航空機は無傷ということですね」

総理の言葉に、統幕長は他の参集者に気づかれることのないよう自分の瞳の中にいくらか安堵の色を浮かべてみせた。

しかし、老練の官房長官は、もっとも肝心な点について見逃すことはなかった。

「その『かが』なんだけど、機関、エンジンのトラブルの原因がなんだったのか、わかっているんですよね。原因もわからずに、いま大事なこの時に任務を途中放棄してまでだよ、帰港するとは思えない。どういうわけだったんでしょう」

「はっ、実はそれが……。このような時期に、はたして申しあげるべきことなのか、いえ、申しあげてよいものかどうか、私自身も逡巡しておるところでして。

あるいは、これについてはもう少し乗組員から詳細な聞き取りをおこなったうえで、ご報告したほうがよいのではないかとも考えております」

「いや、こんな時だからこそ、早くに情報をあげてもらわないとね。そうでないと困ります」

官房長官の言葉にうなずく者はいても、首を振る者はいなかった。

「わかりました。では申しあげますが、目下のところ、これはまだ確定しているわけではありませんが、内部テロとの見方を海幕のほうでは強めているようです」

総理を含めて参集者が小さくどよめいた。

「内部テロ？　テロって、そのー、お仲間がやらかしたってことなの?」

官房長官が、さらに厳しい目を向けてくる。

「はい。海士クラスの乗組員の一人ですが、あー、この海士というのは、わかりやすく申しあげると水兵ということになりますが、その海士の一人が破壊工作活動を、ということのようです。

あくまでもこれは、まだ現時点での初報ですので、今後、警務隊もしくは警察の捜査によって真相は明らかになると思われます」

これを聞いた総理が、腕組みをして目をつぶり押し黙ると、防衛大臣が発言した。

「その海士は『かが』への中国のミサイル攻撃をあらかじめ知っていて、艦を動けなくするために、要するに命中しやすくするために事を起こしたと。そういうことですか……。

しかし、それでは自分も巻き添えを食うことになるわけで辻褄が合わないいか……おかしいですねえ」

これを受けたのは統幕長ではなく、内閣府特命担当大臣の松島だった。

松島は、かつて長らく公安警察に身を置き、現内閣ではテロや国内治安関連のエキスパートとして起用されたが、この時まで「かが」艦内で起きたことについて、何も把握してはいなかった。

「さきほどの説明の中に、乗組員三名を艦のヘリで那覇へ送ったうんぬんと出てきましたが、そういうのは海上自衛隊の護衛艦では通常の扱いというか、ふつうにあることですか」

「はい。ヘリ搭載護衛艦の場合は、海でのいわゆる潜水艦の捜索でありますとか、水上の艦船等の監視任務、これらの訓練等を実施しておりますが、陸上にも、えー、陸地にもですね、海上自衛隊の航空部隊の基地がありますので、そうした往来は通常の訓練や連絡等におきましても随時おこなっております。

　ただ今回の場合、目下艦長不在のため、断定して申しあげることはできませんが。テロなのか、あるいは過失によってエンジン火災が起きたことから、艦長判断で最悪の事態等を考慮し、ヘリ一機を残して艦載機を陸にあげたのではないかと、現段階ではそのように考えられます。ただ、これもあくまでも推測です」

「そうですか。その三名というのは、ヘリのパイロットとか搭乗員ということですね」

「私のほうにいまあがってきております報告では、この三名はヘリ搭乗員以外の、つまり『かが』の艦艇要員の乗組員三名であろうと思われます」

「それだったら、その三人というのは、あれですか。艦内で起きた事案、事態について陸上の基地、司令部に報告のためということですか」

「申しわけありません。まだそうした詳細につきましても、私のもとへあがってきておりません」

　松島は、その三人がテロと関わっているのではないかと言いたげな訊ね方をしてくるものの、当然ながら現場にはいなかった福田には、推測であろうと、この場で答えられる材料などは一つもなかった。

「それにしても中国政府は、どういうつもりなのかなあ。情報本部ではなにか把握していますか」

　官房長官の突然の問いに、統幕長とともに急遽、招集された防衛省情報本部長の大島陸将が応じた。

「いまから約四時間前ですが、〇二一〇（まるふたひとまる）頃に、あー、午前二時一〇分頃、米軍から中国安徽（アンホイ）省池州（チーチョウ）から複数のＢＭＤらしきものの発射、弾道ミサイルらしき発射を確認したとの連絡が入ってきておりました。

　ただ、この報だけではミサイルの種別や弾着予測地点等はわからず、連絡官を通じて海自に連絡し、イージス艦等で確認ができているかどうかを含めてすぐに解析作業を実施しましたが、その間に弾着となりました。

　結果としてこのミサイルに対処できたのは、石垣沖に警戒配備中の護衛艦「こんごう」のみであったと、こちら（情報本部）では目下のところ、把握しております」

「すると、やはりミサイル発射の前に、中国艦の一隻が尖閣沖で損害を受けたことへの報復措置ということなのか……どうなんでしょうかね、総理」

　疲労の様子を隠せない岸川総理は、官房長官の弁を受けて応じた。

「いや、最初に聞いた話だと、先に砲撃してきたのは中国の艦（ふね）じゃありませんでしたか。なんといったかな、あのー」

「杭州（こうしゅう）、中国名ハンヂョウです」

　統幕長がすかさずフォローすると、総理は軽くうなずいたあと、やや興奮気味に続けた。

「その杭州という艦がですね、我が国の巡視船を射撃ですか、砲撃？　砲撃したということだったと思いますが……それで仕方なく、近くにいた護衛艦が正当防衛として杭州を攻撃した。たしか、そう聞きましたが違うでしょうか」

「それについては、総理の言われたとおりだと思いますが。福田さん、どうですか、中国の防衛当局からは、すでにホットラインで事態の拡大を招かないことを望むとの声明が入っているようだけど、続報はないですか」

官房長官の鈴木が問うが、福田は座したまま相手に正対すると「はい」とひと言だけ告げて口をつぐんだ。

「おそらく本日中には、中国の国務院か党本部から何か言ってくるだろうけど、その前に双方の防衛当局を結ぶホットラインで、とりあえずそう言ってきてるってことはですねえ、向こうも別に全面戦争をやるつもりはないってことでしょう。

まあ、こちらとしても、とにかくこれ以上、事を荒立てないということじゃなきゃいかんと思うが、ただ、宮古島がねえ……民間人に死傷者が出ているわけだから」

鈴木の言わんとするところは、福田にも理解できた。互いに軍人にかぎられる犠牲ならば、人命損失をともなうとはいえ、まだ痛み分けで事を収めることもできるかもしれない。

ところが民間人の、それも日本側にだけ犠牲が生じている以上、日本政府としては、それに目をつぶり中国との手打ちは難しい。

これには誰も口を開かず、みな黙したままの時間が過ぎた。

空調が効いているからか、喉の渇きをおぼえた福田統幕長は机上のコップに少しだけ水を注ぐと、それを舐めるように口にしたあと、ぐいと飲み干した。

おそらく今日中に、それも昼頃までにはいったん解散となるに違いなかったが、防大を首席で卒業した福田にも、終わりなく続くように感じられるこの会議がどこに向かおうとしているのか、まったく読めなかった。

今回の事態の責任はすべて日本側にあり、我が国は日本政府に対し、完全なる謝罪と一切の補償を求めるものである」

中国政府は、外務省を通じて日本政府に向けたこの新たな声明を、国家主席の名ではなく国務院総理の名を付してあげてきたのだった。

同日午前九時過ぎ

「本日未明、我が国の釣魚島（魚釣島の中国名）近海において中国人民解放軍海軍の駆逐艦『杭州』による日本公船への無害の警告射撃に対し、日本海軍の駆逐艦の一隻が国際法を無視しただけでなく、明らかに破壊を意図したミサイルの発射に及び、その結果『杭州』に死傷者を含む多大な損害を与えたことは、近年まれに見る卑劣かつ暴虐性に満ちた行為であり、我が国としては絶対に許せない行為である。

我が国は、日本によるさらなる我が国への攻撃とその意図を制するため、ただちに日本海軍の空母一隻と陸上の基地に対し、必要かつ最小限の自制的な反撃を実施した。

第4章　三日目

六月五日午前　宮古島

宮古島の陸自空自の各部隊は、四日未明の突然のミサイル攻撃を事前に気づいていた。

ふいの攻撃には違いなかったが、弾着の五、六分前にミサイルの姿自体は捉えていたのである。

もともと空自の宮古島分屯基地、第五三警戒隊は、こうした事態に備えて全国に配備されたレーダー基地の一つであった。


だが、ここ（宮古島）には、陸自にしろ空自にしろ、中低空で飛来する敵のヘリや敵機を近距離で迎え撃つ対空誘導弾、すなわち迎撃ミサイルは置かれていても、弾道ミサイルやステルス機、高高度の爆撃機を撃ち落とすことのできる武器はなかった。

二〇一六年には北朝鮮の弾道ミサイルを警戒して、一時的にＰＡＣ３（パックスリー）（地対空誘導弾ペトリオット３）が配備されたが、事態の鎮静化を見て撤去されている。

那覇に本部を置く空自第五高射群には、ＰＡＣ３を運用する四個の高射隊があったが、平時はいずれも沖縄本島内に置かれて、日米の基地防空を担う。

必要に応じて他の島へ移動設置することもできるが、発射機だけでは役に立たず、車両何台分にもなる全装備を展開するには、今日行って「はい、できました」というわけにはいかない。

宮古島には、そのPAC3が定置されていない。遠くの敵を探知することはできても、それに対抗する手段がなかったのである。

おかしなことだという思いは、むかしから自衛官の中にもあったが、そういう役目なのだと割切るほかなかった。

レーダー基地というのは、いち早く敵機や敵のミサイルを捉え、その情報を味方航空部隊や高射特科と称する対空専任の部隊に伝えることが任務なのだと。

有事にも、平時において想定されたとおりに事が運べば問題はない。しかし、敵も知恵のある人間なのだ。先制攻撃にうって出る前に、相手の目を潰しにかかることくらいは子どもでも想像できる。

昨日、その目潰しを食らった。

少なくともミサイル攻撃を受けたことが判明した直後は、島の自衛官の多くがそう考えていた。そして次に、敵の空襲あるいは上陸作戦がおこなわれるに違いないと。

不幸中の幸いということにはならないが、敵ミサイル攻撃の被害は陸自の駐屯地には及んでいない。自衛隊関係でやられたのは、空自のレーダーに関する施設だけであった。

島内にほぼ同時に弾着した二発のうち、もう一発は空自に隣接する上野地区で爆発した。民家を直撃したわけではなかったものの、弾着地点周辺の民家数戸が被害を受け、うち一戸では高齢者夫婦の死亡が確認された。

ミサイルは通常弾頭と考えられたが、その威力は五〇〇キログラムの航空爆弾に匹敵するものだった。

　爆心地から半径三〇メートル圏内では、爆風だけでも家屋は倒壊し、人は即死する。殺人衝撃波はさらに延伸し、爆発した爆弾の破片による殺傷、破壊効果は半径三〇〇メートルから四〇〇メートルにも及ぶ。

　住民の負傷者の数は、現時点でも自衛隊ははっきりと把握できていなかったが、十数名にのぼると思われた。

　空自も重体の隊員二名のうち一名が病院搬送後に死亡、一名はいまだに意識が回復しておらず、ほか二名が重傷を負った。

　さらに一〇名を超える隊員が、ケガや骨折により隊内の医務室や島内の病院へと送られ、入院加療を要する者も一人や二人ではなかった。

　空自の基地と陸自の駐屯地は二キロメートルと離れていない。また、空自側からの電話でもミサイル近接の報せを陸自の部隊は受けていた。

　そこで陸自部隊は、事が起きる前から非常呼集をかけ、いつでも退避あるいは出動できる準備を整えていた。次に空自のレーダー基地被弾の報せを受けて、すぐに救出へと向かった。

　主力は二〇一九年に新編なった「宮古警備隊」である。

　日米戦当時の一九四四年にも宮古島警備隊が存在したが、それは旧海軍の根拠地隊（海軍基地の防備、建設等の部隊）から派生したもので、島の字が抜けた陸自「宮古警備隊」の前身ではない。

　沖縄本島の戦いの陰に隠れて、宮古島の日米戦は世に知られることが少ないが、ここには三万名もの陸海軍兵が送られた。地上戦こそなかったものの、幾多の艦砲射撃と空襲により三〇〇〇名を超える軍民の犠牲者が出ている。

その多くは、制空権の喪失と海上補給路の遮断による飢餓や病気によるものであった。

一方、二一世紀の同島警備隊は一〇〇〇名にも満たない。そのうち後方支援要員をのぞいた実任務にあたる部隊は、諸種混成とはいえ、わずかに普通科一個中隊を核とするものだった。

この警備隊だけでは師団どころか連隊、大隊規模で上陸作戦を企図する敵の侵攻を防ぐ態勢にはおよそない。その名のとおり、島内の警備と敵の工作員や特殊部隊等による破壊活動、強襲等の警戒、捜索、阻止が主任務であった。

防空専任の部隊や海からの敵の上陸を食い止める地対艦部隊も置かれているが、それでも大規模な敵の上陸侵攻を宮古島の部隊単独で食い止めるのは難しい。ただ、たとえ一時しのぎであっても、そのあいだに味方の増援を期待できる。

もし空自のレーダー基地しか置かれていなければ、侵攻を企図する敵は、海からも空からもそれも少数の部隊であっても、たやすく島へと乗り込み占領することができるだろう。

平成が終わり令和の始まりになって、ようやくその穴に蓋がなされたのである。

警備隊長は、駐屯地司令を兼務する中島一佐だった。

「いいか、気を抜くな。敵は、すぐに攻めてこないとしても、明らかに侵攻を企図した攻撃を加えてきた。今日明日にも来ないともかぎらない」

それが空からか海からか、あるいは両方か、それについてもまだはっきりしない。すでに昨日達したとおり、旅団司令部からも、警戒を厳となせと言ってきている。特にゲリコマ、特殊部隊。いいか、駐屯地、基地周辺の不審者については、正面か後方かを問わず、すべての隊員が徹底してこれにあたれ。

ただし、一部に配布した実弾の装填、発射については、必ず本部あて事前に連絡して許可を得よ。いいか、事前にだぞ！　以上」

朝礼での警備隊長の訓示も、いつになくピリピリとしたものだった。

空自のレーダー基地、すなわち空自宮古島分屯基地は、上野地区の野原岳を切り開いたところに、本部庁舎や隊舎などとともに置かれている。

ほかの自衛隊部隊と同じで、出入りにはゲートでパスを提示する必要がある。当然ながら、誰でも自由に出入りすることはできない。

しかし、周辺は雑草の生い茂る斜面のほか、さとうきびや葉タバコの畑があり、一部は民家とも接している。

外周もいちおう柵で囲われてはいるものの、滑走路のある航空基地とは違い、警備犬が放たれうろついているということもない。訓練を受けた者でなくとも、外の人間が侵入することは、そう難しくはなかった。

今回幸いだったのは、家族持ちの隊員の宿舎は基地内に置かれておらず、基地から南へ二キロメートルほど離れたところにあり、隊員の多くやその家族は難を逃れられたことだった。

地図で見れば、豆粒にも至らないほどの小さな島であっても、そこには五万人を超える人々が生活している。

弾着したミサイルが一発、二発ではなく、またそれらが街区を破壊していたら、犠牲者は数百人、数千人を超えていたかもしれない。

　被害を受けてから丸一日が経った。

　消火や救助活動、捜索、初動の調査、臨時の警備行動等をすでに終えたものの、なお中国軍による海空からの急襲、強襲のおそれはあった。

「空自のほうには、とりあえず三小隊（第三小隊）だけ残したい。レーダー基地とはいえ、敷地自体は南北に延びて広いから手が足りないかもしれんが、俺の、訂正、私のＬＡＶ（ラブ）（軽装甲機動車）を使ってもいいから、班でやるなり組に分けるなりして、定点のほか機動でも基地周辺の警戒をしっかりとやってほしい。

　これはオフレコだが、万一、島内に敵に通じた人間や工作員がいたとすれば、空自基地の被害状況の偵察にやってくるだろう。いや、偵察にとどまらず混乱を助長したり、こうした際のこちらの手の内を探ろうとしてくるかもしれない。

　そのほか被害にあった空自の隊員たちのことも考えて、できるかぎり手を貸してやってくれ」

　警備隊長のその指示に、普通科の中隊長黒木三佐は一度「わかりました」と告げてから訊ねた。

「実弾の使用ですが、基本的な要件は『部隊行動基準』によるとして、実際に発射することになった際は、実弾が基地の外へ流れる可能性もあります。それと警備中に隊員に弾を装填させておくかどうかですね」

　黒木三佐が訊ねているのが、法律上のことだと中島隊長もわかっていた。だが一佐であっても、それについてのはっきりとした答えは有していなかった。

　隊法（自衛隊法）だけでなく銃刀法においても、部下が上官の許可なく実弾の入った弾倉を銃に取りつけることは違法となる。

しかし、いつ敵と遭遇するかわからないような状況にあって、弾倉をつけていない小銃を所持させて任務にあたらせるようなことが、はたして上官として正しい処置といえるのかどうか。

黒木の疑問はそこにあるのだろうと、中島隊長は察した。

すでに交戦状態にあるというのなら、当然すぐに弾を発射できる状態で銃を所持させることになる。ただ目下はミサイル攻撃を受けただけで、上陸した敵兵との陸戦のさなかにあるわけではない。

こうした場合にどうすべきかは、隊法や部隊行動基準に頼っても、はっきりとした答えは見えてこない。あとは現場判断、つまりは現場指揮官の判断となる。

黒木は、それについての指針を現場の長たる中島に求めてきたのだ。

「難しいところだが、今回は警備にあたる者にかぎって、警備中についても実弾を装填させておいたほうがいいかもしれん。ただ発砲するに際しては、必ず無線その他で本部に、私に確認してもらいたい。

そうしないと、相手を射殺またはケガを負わせるといった万一の際に、あんたや小隊長、班長までが責任を問われかねないのでね。

命がけで仕事をして裁判沙汰ってのはかなわん。いざという時は、私だけが責任をとればすむようにしておきたいと思う」

「わかりました。実弾射撃の要の際には、必ず本部あて確認します」

黒木中隊長がそう返すと、中島は少し間を置き、考えるようなそぶりを見せてから続けた。

「流れ弾については気にしなくていい。どっちみち敵がよく訓練されたコマンドの類いなら、そうしたこちらの難点をつくようにして、民家を背景にしたり盾にしたりして撃ってくることもあるだろう。

挑発には乗らんようにすべきだが、それよりもむしろ敵の制圧に際しては一切躊躇(ちゅうちょ)することなくやってくれ。万一の際は、それについても私がすべて引き受ける」

警備隊長兼駐屯地司令の中島の言葉を受けて、黒木は空自基地へと向かった。昨日負傷者等の救助活動や警戒任務を終えた後、そこでの待機を命じてあった第一、第三の二つの小隊を集めると、新たな任務を付与した。

それは、第三小隊は引き続き空自基地の隊員とともに基地周辺の警戒任務につき、第一小隊は第二、第四の二個小隊とともに駐屯地周辺の警戒任務につくというものだった。

敵の真のねらいがどこにあるかはわからないが、二〇一九年以降、宮古島に陸自の部隊が新設されたことは把握しているはずで、今回の空自基地急襲は目潰しと同時に、陽動の意図がないともいえない。

陸自部隊をそちらに向けさせておき、手薄になったところで島内に早くから潜伏させていたゲリコマで駐屯地を襲うということも考えられる。

敵にとっての対抗戦力としては、空自部隊よりも陸自部隊のほうがはるかに大きい。特に陸自の高射や地対艦の部隊は、大なり小なり侵攻時の障害となる。

敵がこれを侵攻前に使えなくするという奇策を講じたとしても、なんらおかしくはなかった。

第三小隊も他の小隊同様、一個班七名から八名で、第一班から第四班の四個班からなり、各班ごとに四時間交代で警戒につくことになった。四直のシフトである。

第一班が朝八時から正午までの一直につくと、四直の第四班は午後八時から午前零時まで務めることになる。次の一直は午前零時から午前四時までで、上がその任を解くまでこれを延々と繰り返す。

各班の隊員たちは、シフトからシフトまでの一二時間で食事や休養、次の準備、就寝のすべてをすませる。

民間なら労働法うんぬんといったことから、三直プラス勤務明け、または休日にして、所定の勤務時間ごとに一つの班を丸一日休ませる必要がある。しかし、基本的に任官後は二四時間三六五日を国に拘束される自衛官は、特に非常時においては過酷な勤務状況に置かれる。

むろん、そのためにも入隊時から厳しく訓練される。そうはいっても平時の部隊生活は、サラリーマンのそれとそう大きく変わらない。

週休二日のほかに休務もあれば、まとまった休暇もある。当直勤務は避けられないにしても、ふだんの日勤は八時五時という具合だ。

厳密には課業開始は八時一五分だが、それ以前に整列、点呼、国旗掲揚があるのが常のため、特別の事情がないかぎり、隊員は朝八時までには、みな揃う。課業止めの定時は午後五時で、大方の一般企業よりも早い。

それでも上級の曹や幹部になれば、部隊によっては結局、夜九時一〇時まで残業ということもめずらしくないが、当直以外の時は朝に顔を出して一日働き、夕方自宅や官舎に戻るという毎日だ。

ふだん隊員の多くがそうした状況に慣らされているため、それとは異なる非日常的な訓練もたびたび実施される。この切り替えこそが、隊員にとっては心身ともに大きな負担となる。

だが宮古警備隊の隊員たちは、そうではなかった。上級部隊である第一五旅団の中でも生え抜きの隊員で占められていた。

第一五旅団は那覇に司令部を置くが、その前身は昭和の時代に作られた第一混成団である。団当時は二〇〇〇名に満たない人員だったが、旅団化して以降、一気に二五〇〇名へと増員された。その中核となったのが、第五一普通科連隊（五一普連）七〇〇名だ。

宮古警備隊の隊員にも、この五一普連から選抜された者が少なくない。

沖縄本島や先島諸島といった島嶼部への敵の侵攻やゲリラ戦を想定する五一普連は、ヘリ機動を得意とする。またそうした任務の性格から、長崎の対馬警備隊同様にレンジャー有資格者もめずらしくない。サラリーマン自衛官などではなく、いつでも戦うことのできる自衛官ばかりを集めて編制された部隊なのだ。

第三小隊の小隊長、大城三尉は幹部としては最下級の三尉ながら、部内でいう「I幹（アイかん）」の猛者（もさ）だった。

高卒で自衛隊に入隊し、二士、一士、士長とあがったところで、二任期めに部内昇任試験を経て三曹となる。部隊勤務を経て三曹昇任から五年後に、やはり部内の幹部候補生試験を経て三尉となった、ある意味エリートともいえる幹部である。

自衛隊外の人間には、自衛隊のエリートといえば防大卒の幹部がすぐにイメージされるかもしれない。しかし、二士から入隊して曹、幹部と二度の部内選抜を経て幹部になるのは、その倍率、競争率でいえば、およそ防大の比ではない。

ほとんどの者が、まず最初の三曹昇任試験で落とされる。二度、三度の受験があたり前といわれるほどの超難関だ。そのため、なかにはすでに士長でありながら、おもに一般の志願者を対象とする一般曹候補生の試験をわざわざ受ける者さえいるほどだ。

すでに消滅した二年制の「一般曹候補学生」よりも採用者数が増え、また試験自体もだいぶ緩くなった一般曹候とはいえ、この試験に受かるのも簡単ではない。

いずれにしろ、毎回一〇〇倍以上ともいわれる三曹昇任試験をパスしても、幹部になるには次に、やはり一〇〇倍超といわれる部内幹候の試験を突破する必要があるのだ。

驚くべきことに、二九歳のこの三小隊長が目指しているのは、そんなところではなく将官への道だった。

たしかに過去に高卒将官の前例もあるとはいえ、隊内でそんなことを口にすれば笑い飛ばされるだけだ。そのため口には出さず、ただ黙々と、そして着実にその時々の職務を遂行し、上の者にも小言ひとつこぼさせないようにすることを心がけていた。

大城三尉の強さは、そうしたところにあった。

風貌も精悍さとはむしろ対照的で、どちらかといえば教師かサラリーマンという感じだ。私服なら、誰も自衛官とは気づかないような雰囲気さえある。

世間では、こうした人物を「叩き上げ」と称するが、大城はそのような印象を他人に与えない。だが実際には、自衛官というよりは兵士であった。

この第三小隊長を補佐する小隊陸曹は、熟練の上原一等陸曹（一曹）だった。彼こそ、まさに叩き上げの古参兵である。自衛隊の普通科、すなわち歩兵のあらゆることについて熟知している。

その点では大城以上といえるが、四〇歳を過ぎたいまでも何事も基本に徹し、それを小隊の部下たちにも求める。鬼軍曹というわけでもないが、そういう面では特に厳しかった。

「荷物も背負ってないのに腕立ての一〇〇回もできないようなやつは、ファストロープをやる資格はない。懸垂は一〇キロ（グラム）の背のうを背負って最低一〇回以上、この二つをクリアしてない者は一歩前に出ろっ！」

「小銃は弾が入っていようがいまいが、射撃に移るまでは常に安全装置をかけておけーっ！　撃つまでは人さし指も用心金に添えておけ。

特に移動時、絶対に引き金に指をかけるようなことはするな。そして撃ち終えたら、またすぐに安全装置をかけろ」

「ファストロープは絶対に手だけで降りようとするな。しっかりと両手両足でロープを保持しろ。映画に出てくるクライマーみたいなまねごとをやってると、敵の弾うんぬんじゃなく、自分で自分の命を落とすことになるぞ。遊びじゃないぞ、いいなっ！」

空中機動、すなわちヘリを使って作戦地域へ移動して展開する群馬の第一二旅団同様、沖縄の第一五旅団もヘリを多用することから、その隷下の宮古警備隊も、レンジャー資格の有無にかかわらず陸士から幹部まで全員がヘリの降着訓練は必須となる。

ただ隊員が降りる場所は、いつも平地とはかぎらない。また敵がすぐ近くまで迫っており、ヘリがゆっくりと着陸できない状況も想定しなければならない。

そのため、ヘリをホバリング（空中停止）させた状態で、ヘリから垂らしたロープを使って隊員を降ろすロープ降下には、このファストロープと登山の技術を応用したリペリングがある。隊員たちはみな、二つの降下法を習得しておく必要があった。

ファストロープはファスト（fast）の名のとおり、それまでのリペリングよりも準備が簡単で短い時間で降下できる。しかし、リペリングとは異なりカラビナを利用したブレーキや安全索がないため、万一両手を離すようなことがあれば、まっさかさまに地面へと叩きつけられることになる。

その高さは一〇メートル前後から二〇メートル前後で、三階建てから七階建ての建物の屋上から降りるのに等しい。

降下に際しては手袋が必要となるが、軍手のみの昭和の時代と異なり、いまは「官品」（支給品・貸与品）でも軍手のほかに皮手袋もいちおう支給される。

だがこうした官品の多くは、市販品と比べて耐久性や使い勝手の面でイマイチであることから、特に消耗の度が高いものについては、隊員個々が隊内のＰＸ（売店）やコンビニ等で自弁で調達することになる。

幹部になると短靴や制服、制帽の類いも、貸与される官品だけでなく自前で新たに揃えるような者もいるが、大城三尉はそうしたことには頓着せず、むしろ工夫してやりくりするタイプだった。長年の陸士、陸曹の経験が彼にそうさせるというよりも、大城の元来の性格ゆえのことである。

＊

自衛官となるべくして自衛官となったようなこの小隊長は、その日、通信員の三曹と第一班の八名とともに最初の警戒についた。

一組から三組までを四人、三人、三人の三組に分け、大城は自分を含めて四人からなる第一組を率いた。ほかには通信の三曹、もう一人の三曹と士長である。

この一組はミサイルが弾着した基地の北側、破壊されたレーダー施設の一帯を徒歩機動でめぐり、第二組には基地の正面ゲートを中心に南側の一帯を担任させた。

残る第三組は大隊長のＬＡＶを借りて、車で基地全周をゆっくりとまわらせることにした。

ちょうど昼までの直となるが、この組の者だけでなく宮古警備隊の誰一人として、昨日からまとまった睡眠をとっていない。

負傷者の救助に周辺警備、瓦礫の片づけなど、やることは多かった。当然、そのほとんどが肉体労働である。それでも大城ほか隊員の士気は高かった。いや、そう訓練されているのである。

そこが警察や消防、あるいは一般のボランティアと自衛隊が大きく異なる点ともいえる。

経験豊富な自衛官はマラソン選手と似て、疲労の度が増すほどに燃えてくるようにできている。音をあげるほどの苦痛や負荷を超えたところにある、ある種の快感や達成感が報酬となるのだ。

心身が崩壊しそうな過酷なレンジャー訓練に、特別手当がつくわけでもないのに例年、若い隊員らが殺到するのも、性欲などとは比較にならない人間のそうした欲を超越するかのような快感の極みを求めてのことだ。経験し、やり遂げた者でなければわからない至高の達成感である。

むろん、大城はそれを経験していた。いや、士長以外の三名はその経験者なのだ。

食糧がなければ、ハブやマムシといった毒蛇であっても、いとも簡単に捕らえて皮を剥ぎ、焼いて食べる。

密林の中でも、登山者や一般の人間には把握できない水の音を聴いてその場所を捜しだす。あるいは繁みの葉の夜露を舐めつつ、三〇キロメートルの道なき山を踏破し、指示された地点へと到達する。

そうしたアスリートでも脱水症状で立ち上がることさえできないような状況に置かれようとも、大城たちは仮設敵部隊の車両を襲撃し、捕虜を確保することができる。

それればかりではない。携帯した一〇キロ、二〇キログラムもの武器や爆薬で仮設敵部隊の司令部、兵站、橋などを破壊する。

今回は実戦とはいえ、実弾に襲われる可能性があるということをのぞけば、これまでの訓練や経験とそう変わらないように大城には思えた。

「万一、敵と遭遇しても慌てることのないように。言うまでもなく、貴官らは自候生(自衛隊候補生)でも新隊員でもない。みな相応の経験を持つ正真正銘の普通科隊員、本物の歩兵だということを自覚してほしい。訓練どおり基本を守りつつ、各自臨機応変に行動せよ」

大城は任務開始前に、小隊員らにそう告げた。部下への訓示というよりは、むしろ自分で自分に喝を入れたのである。ただ、それを覚ることができるのは、上原一曹だけであろうとも思う。

——自分に万一なにかあれば、上原一曹が小隊の指揮を執ることになる。そういう点では、心おきなくしょっぱなの任につくことができるというものだ。

「大胆かつ細心に」

大城が、もっとも大事にしている言葉だったが、それは大城が敬意の眼差しを向ける警備隊長中島一佐の常套句でもあった。

大城は最初、第一五旅団ではなく、第一二旅団隷下の第三〇普通科連隊（三〇普連）に新隊員として配属された。当時三佐だった中島一佐は、そこで中隊長をやっていた。

以来、大城は中島の影響を大きく受け、生涯自衛官として生きる道を選んだのだった。

その後、二人とも三〇普連を離れ、途中二人の所属が重なることはなかった。それでもメールや電話、年賀状等で交流を続ける仲であった。

宮古島への配属も中島の声がけによるもので、およそ一〇年ぶりに二人は二度めの同隊勤務へと至ったのである。

島の六月は、すでに完全な夏だ。六月から九月の平均気温は二八度前後だが、年間を通じてこの六月がもっとも雨が多い。早くも台風のシーズンでもある。

その台風の気配はなさそうだが、一昨日から雨が降ったりやんだりを繰り返している。大城たち第一組はくそ暑いなか、カッパを着る気にはなれなかった。

ただ、夏場でも露天で雨に濡れたままでいると、水が蒸発する際に体温を奪われ、低体温症を発することがある。疲労していると、なおさらだ。

野戦訓練中にそうした隊員を目にしたことがあるのは、大城だけではないはずだった。その一方で、ゴアテックスのような特殊素材の「戦闘雨具」であっても汗をかくのは同じで、いずれにしても体は水浸しとなる。

それでも雨に体温を奪われるよりはましである。大城は部下たちに、カッパを着用するように告げた。

南国の雨が煙るなか、第一組はとりあえず、破壊されたレーダーの瓦礫を目指して戦闘靴を鳴らし始めた。

「雨に打たれてアカシヤの〜」

入隊してすぐの教育隊当時、隊歌演習でやった「緑の戦線」の一節を、大城はふと思い出した。

元歌は旧軍軍歌の「重い泥靴」だが、軍歌とはいえこの歌には曲、歌詞ともに、どこにも勇ましさはない。雨天行軍中の兵士の心情が描かれているにすぎない。

泥道、ぬかるみに戦闘靴の足がとられるとか、三日も雨が降り続いて青い空が恋しいとか、タバコもカビ臭いとか。要するに、愚痴のオンパレードである。

およそ士気を鼓舞するための軍歌とは思えない内容だが、大城は自衛隊に入隊して初めて知ったこの歌が、ほかのどの隊歌よりも好きだった。

自衛隊の普通科は、旧軍や英米軍でいえば歩兵にあたる。歩く兵である。現代ではヘリや装甲車を多用するが、それでも普通科隊員が歩武高き士(さむらい)であることに変わりはない。

隊歌演習の定番には、同じく旧軍軍歌の「歩兵の本領」もある。その中に「最後の決は、わが任務」とあるように、いかに先進兵器あふれる時代であっても、戦いの最後は人による。

その人こそ多くの場合、いつの時代も歩兵である。大城には、そうした確たる信念があった。

教育隊を終える際、希望職種として人気の高い機甲（戦車）や航空や高射特科ではなく、あえて普通科を第一としたのも、自衛官というよりは兵士になるならこれだとの思いがあったからだ。

ミサイル空爆後の焼け跡から漂う匂いや草いきれ、路上の土ぼこりが、やわらかな雨に洗われていく。

ゲートから五〇〇メートルほどで、瓦礫と化したレーダー施設へと到着した。大城たちがそこから外周に沿って、さらに一〇〇メートルほど東へまわりこんだ時だった。

五〇メートルほど先の外周と林との境に、何名かの人影を認めた大城たち第一組は最初、空自の隊員かと思った。

昭和か平成かといった感じの古い型の迷彩服を着て、おまけに小銃まで下げている。実際、空自隊員も警戒にあたっているはずなのだ。

――三人か……変だ！

空自の基地関連の隊員たちが、新しい迷彩服以外に、そうした古い迷彩服を着ていることは大城も知っていた。しかし、うまく説明できないものの、直観的になにか違うという印象を持った。

人数ではなく、その動き、姿（なり）だった。

試しに右手をあげて合図を送ると、三人のうちの二人が同じように手をあげて返してきた。

「いいな、左右に二人ずつ分かれるぞ。ゆっくり歩け」

誰と誰という指示する必要もなく、自然に大城と通信員がバディー（二人一組）となった。もう一人の三曹と士長がバディーとなる。

幅二メートルほどの道路の左右へと分かれ、「不審者」へゆっくりと近づいた。

それを見ていた古い迷彩服を着た背の高い不審者の一人が大声を発した。日本語だが、アクセントにも言っていることにも違和感がある。

「ここ、だいじょうぶ」

イントネーションもおかしい。大城たちはその第一声だけで、四人全員が確信したのだった。

――ゲリラだ！

「止まれっ」

大城は相手には聞こえないほどの大きさで、部下たちに命じた。

すぐ後ろにつく通信員の三曹から無線機のマイクを受け取ると、警備隊本部へ報告をあげた。

「○一（まるひと）、一○（ひとまる）オクレ」（こちら第一組、中隊長応答願います）

「一○、○一、オクレ」（こちら中隊長、第一組、応答せよ）

「○一、一○、えー、○一は空自基地の北東外周付近で、不審者三名と遭遇。不審者は古い型の迷彩服に小銃を携帯している。不審者は空自の隊員ではないものと思われる。万一に備え、実弾の装填を許可されたい。オクレ」

「一○、○一、不審者三名と遭遇、了解。実弾の装填を許可する。不審者が発砲した場合は、実弾の射撃、反撃を許可する。オクレ」

「こちら○一、不審者が発砲した場合、実弾を射撃、反撃する。オクレ」

「一〇、了解。なお、ただちに応援の部隊を送る。オワリ」

「よし、各自、隠蔽掩蔽して銃に実弾を装填。ただし射撃は命じるまで待て。いいか」

大城の指示に三名の部下は日頃の訓練どおりに、すばやく身を隠す。使い慣れた八九式小銃に実弾を装填すると、不審者のほうをうかがいながら、次の指示、命令を待った。

彼我の距離約四〇メートル。狙って撃てば、ほぼ命中する。

大城たちのこの行動に、不審者らは偽装が見破られたと覚ったのか、すぐに発砲してきた。それも精度の高い射撃である。

大城の動物的な、いや本物の兵士としての勘がはたらかず、不審な輩にうっかり徒歩のまま近づいていたら斉射され、あっさり全滅の憂き目にあっていてもおかしくなかった。

タタタ、タンと小気味よく連射を繰り返してくるあたりが、かなり熟練の射手であることを思わせる。

しかも声で居場所や互いの間隔などを相手方、つまり大城たちに覚られないように無言で手信号などを使い、仲間同士で合図している様子がうかがえる。

自衛隊の八九式でも六四式でもない銃の射撃音だ。おそらくは外国製と思われる自動小銃を、どうやって日本国内へ持ち込んだのかと大城は思ったが、その疑念をすぐに払拭すると部下たちへ命じた。

「前方の散兵、敵ゲリラ。各個に撃てっ！」

豆を弾いたような音をたてて、四丁の八九式小銃から五・五六ミリ弾が放たれた。

誰の銃によるか、その時にはわからなかったものの、わずか四グラムのそれらの弾が確実に二人のゲリラを倒したことはまちがいなかった。

だが、あと一人の様子はうかがえない。

――クソっ、逃げたか！

大城はこの時、初めてあせった。

交戦して人を撃ち殺したことでマスコミに叩かれるようなことは、はなから覚悟しているが、銃を持った敵を取り逃がせば、民間人へ危害が及ぶおそれがある。

当然、そこでもまた「自衛隊が」と吊るしあげられることになるのだろう。しかし、そんなことよりも民間人を救うべく敵を排除するはずが、逆に民間人に犠牲者が出る可能性を高めてしまったことへのあせり、いらだちを大城は隠せなかった。

「よし、捜し出すぞ。その一名以外にもほかに仲間がいるかもしれんから注意しろっ！」

敵一名は密林ともいえるような南国の雑木林をたくみに利用した。大城たちは応援が来たのちも、捕らえることも射殺することもできなかった。

射殺した二名も、身元がわかるようなものはなに一つ所持していなかった。

このゲリラたちの着ていた迷彩服が旧迷彩服の市販品であることや、小銃は北朝鮮軍や中国軍が装備するＡＫ‐47のコピー品であることが判明した。

死人に口なしのたとえどおり、彼らの空自基地潜入の目的はわからなかったが、付近の林の中で望遠レンズ付きの日本製一眼レフカメラが発見されたことから、ミサイル被弾による被害状況を探りにきた中国兵か工作員の類いではないかとの見方が強まった。

ただ撮影前だったのか、あるいは危険を察知した際に画像データを消去してしまったのか、なにも写ってはいなかったのである。

当然ながら、この謎のゲリラと大城たちの銃撃戦は、島内だけでなく日本中に報じられた。その結果、大城三尉ほか関係した隊員は全員、まもなく本土の部隊へと散り散りに転属させられることになった。

大城三尉が送られた先は、普通科とも無縁ではないとはいえ、後方兵站を担う関西の補給処だった。

大城はその後、「第三種非常勤務態勢」が解かれて、すぐに退職願いを出した。

「あんたが早くに気づいていなければ、きっとみんなやられていたよ。たしかに一人は逃げたけど、むこうは二名戦死、こっちは無傷で、この件については民間人にも犠牲者は出てないだろ？　なのに、なんであんたがそれほどまで自分を責めないといかんのか、俺にはわからんなあ。

知っていると思うが、補給処行きにしたって、マスコミや世間の熱が冷めるまでのあいだ、落ちつく場所があったほうがいいと思ったからなんだが、それが気にいらなかったということかな」

「いえ、そういうことではありません。それどころか隊長には、これまでもいろいろご配慮いただいて感謝しております。

しかし逃げた敵は、たまたま一般人を襲わなかっただけですし、それにまだ発見されてもおりません。逃がした責任は十分、私にあります」

この時には、中島一佐の慰留も功を奏することはなかった。

同じ頃　宮古島沖

護衛艦「すずつき」の長塚艦長は、宮古島に向かった敵ミサイルを自艦において迎撃できなかったことについて、悔やむようなことはなかった。そもそもすでに事態が生じたいま、悔やんだところで仕方のないことだった。

イージス艦の「こんごう」にしても、全弾を迎撃することはできなかったのである。「かが」が予定どおり布陣していたとしても、結果は同じに違いなかった。

宮古島には、すでに本土から二隻の護衛艦が支援に向かっている。さらなる敵ミサイルの攻撃がないと判断されたら、陸自の水陸機動団なども増援されるはずだ。もはや「すずつき」にできることはかぎられていた。

だがそれ以上に、長塚はもちろんのこと「すずつき」のクルーたちを大きく気落ちさせたのは、「かが」沈没の報せだった。

宮古島が襲われた同時刻頃に「かが」も、沖縄の西方海上で敵ミサイルに急襲されたということだったが、それ以上の詳細は得られていない。

ミサイルが同じ種類のものだったのか、被害の状況がどうであったのか、クルーたちは無事なのか。そうした詳報は秘匿のため、各艦に伝えられることはなかった。ただ、以後も各艦備えよ、ということなのだ。

しかし、本当に「かが」が中国の対艦弾道ミサイルに被弾したというのなら、その種のミサイルに対しては「かが」の対空ミサイルと近ＳＡＭ、そしてＣＩＷＳも無力であった可能性を否定できない。

対処が間に合わなかったか、あるいは中国軍のＥＣＭ（電子妨害）攻撃により、対空システムがうまく機能しなかったのかもしれない。

いずれにしても、上が告げてきたことがたしかなら、「かが」は敵ミサイルを単艦では防御できなかったということになる。

艦長の長塚やクルーたちの懸念も、そこにあった。自分たちの艦は防げるのか、と。

「すずつき」は宮古島の西二〇キロメートル沖、宮古島・多良間（たらま）島の間に位置し、敵艦や敵潜水艦の侵入を警戒していた。

護衛隊群司令部からの新たな命令である。敵ミサイルによる第二波攻撃のほか、一次攻撃の成果を把握するために敵の特殊部隊や工作員が海空から侵入してくるおそれがあるというのだ。これを阻止せよと。

経海侵入であれば、潜水艦で島に近づき、少数の兵を沖から島へと向かわせるか、夜間に沖の艦から降ろしたボートで潜入してくるかだろう。

この厳戒態勢のなか、護衛艦の警戒の目をかいくぐり、潜水艦であるにもかかわらず海中を騒々しい音をたてながら航走する中国潜が容易に領海内に侵入できるとは思えない。

しかし、海はどこまでも広く、味方の艦艇も目下は対空対水上の警戒に注意が向いている。不可能とまではいえなかった。

それは長塚にも容易に想像できたが、この場合、むかしと違って潜水艦が沖で浮上することはない。上陸班は、水中で潜水艦から小型の潜航艇か水中スクーターなどを用いて、水に没したままやってくるはずだ。

米海軍のシールズ（海軍特殊部隊）にできて、中国の海軍陸戦隊にそれができないということは考えられない。とすれば、敵潜水艦を早くに探知して沈める必要がある。

早朝に宮古島に達し、「対空および対潜警戒を厳となせ」と命じてから、すでに四時間、いや五時間になる。

雨脚は弱まったが、空はまだどんよりとしている。視界の悪さは敵に利することになるが、クルーたちの士気は持ち直していた。

もともと上陸返上で出港したことから空気の悪かった艦内も、宮古島への敵ミサイル弾着以降は、仇をとってやるとばかりにみな一つになったように長塚には思えた。

その後、「かが」沈没の報にしばらくは意気消沈したかのように映ったが、ここにきて再び活気を帯びてきている。実戦というのに、恐怖心や不安を吐露する者もいない。なにより長塚には自信があった。

しかし、サブマリン（潜水艦）ハンターと自他ともに認める長塚二佐にしても、実戦は初めてである。

訓練では仮設目標、すなわち敵役となった味方潜水艦からはシミュレーションの魚雷しか発射されることはないが、実戦では本物の敵の魚雷、それも威力の大きな長魚雷を相手にしなければならないはずだ。

「見敵必殺」は空自の戦闘機隊でよく使われるが、長塚は、まさにいまの自分たちに当てはまると覚悟した。

「ソーナー、探知。本艦の右三〇度、目標は小型の潜航艇、目標は小型の推進器を使っている」

ソーナー室からＣＩＣにあがってきたその報告を受けて、長塚が哨戒長の三佐に、よしというふうに目で合図を送る。

「対潜戦闘用意」

哨戒長が下令した。

数秒と経たず、再びソーナー室から報告が入った。

「ソーナー、新たな目標を探知。本艦の右六〇度、目標は潜水艦らしい」

――魚雷とは異なる小型の推進器と、その近くの潜水艦？

「艦長、敵潜水艦は小型の潜航艇と合流するものと思われます」

哨戒長はそう私見を述べて次の指示を待つが、長塚もほぼ同じことを考えていた。

おそらく宮古島へ偵察に向かう途中か、あるいはその任を終えて水中を母艦へと戻りつつある敵兵と、その母艦すなわち潜水艦であろう。

長塚はそう判断すると、ピンを打つように命じた。これを受けて哨戒長が発した。

「アクティブ捜索始め」

アクティブ・ソーナーである。水中で強力なパルス音を発して敵潜に当て、戻ってきたエコー（反射音）を解析することで、敵潜の距離や位置を正確に割り出す。電波を利用するレーダーと同じだが、こちらは音波を利用する。

ゴーンとアクティブが一発響く。もし数十メートル内に人が潜っていれば、たちまち失神するほどの強度を持つ。

これが数百メートル先、数キロメートル先の人間にどういう影響をおよぼすかは不明だが、うまくいけば敵潜の捕捉と同時に、水中に没する敵兵を倒すことができるかもしれない。長塚は、そう考えたのだった。

だが対処の優先順位は、当然ながら水中の敵兵よりも敵潜のほうが高い。

「測的始め」

長塚が命ずるまでもなく哨戒長が発する。「的」、つまり敵潜水艦の位置の特定だ。

そのデータを得なければ、魚雷またはアスロックで敵潜を仕留めることはできない。同時にその解析作業によって、味方の潜水艦でないこともはっきりする。

「艦長、解析でき次第、VLA（垂直発射式アスロック）攻撃始めます」

魚雷をロケットエンジンで飛翔させ、敵潜水艦の潜む海域まで飛ばす。その後、弾頭部分の魚雷だけが自動的に分離して、みずから敵潜を追って海中を進む兵器である。

「了解」

それからいくらも経たずに哨戒長が発した。

「対潜戦闘、VLA攻撃始め」

射撃管制員の二曹がこれに答える。

「射線方向六〇度」

「射線方向、クリア」

水雷士が確認したのち続けた。

「VLAよーい」

「用意よし」

「撃てーっ」

バン、ズーンと艦を震わせて、VLA、アスロックが曇り空に吸い込まれるように飛翔していくのを捉えていたのは、艦橋で艦を操舵する航海長や航海科員、それにワッチ（見張り）につく当直員たちだった。

そこから「ミサイル飛翔中」の報告が送られてくる。CIC内でも、二曹が「ミサイルアウェー（ミサイル発射）」を告げた。

それとほぼ同時に、ソーナー室からまたしても報せが入る。

「ソーナー探知、ドップラー高い、目標は敵魚雷と思われる」

「魚雷探知、六〇度」

これを受けて、哨戒長が長塚に特にリコメンドすることなく発した。

「これより魚雷の回避運動をおこなう。回避運動始め」

艦橋に立つ航海長らの腕の見せどころである。取舵をとって艦が傾くようにして大きく左回頭を始めた。

そうして敵魚雷の自動追尾を遅らせ、時間を稼ぐとともに捕捉されにくくするのである。

担当部署の一尉がすかさず告げた。

「MOD（自走式デコイ）、FAJ（投射式ジャマー）発射始め」

その数秒後のことだった。

「敵潜水艦の破壊音を探知。敵潜水艦は消滅したものと思われる」

敵潜にVLAが命中したのだ。残るは魚雷の回避と戦果の確認である。むろん魚雷回避が優先する。

第二次大戦当時の直進するだけの魚雷ならともかく、自動追尾するいまの時代の魚雷を、操艦だけで回避することは難しい。敵潜との距離が近ければ、なおさらである。

これまでは困難とされたその誘導魚雷を回避するのが、MOD、FAJだった。要は、おとりを海に放って敵魚雷をそちらへ向かわせ、自艦から離れたところで自爆させるのだ。昭和のむかしにはなかった最新の防御兵器だが、令和のいまも装備する艦はかぎられている。

「ソーナー、本艦の後方に魚雷の爆発音を探知。魚雷回避成功」

三〇秒と経っていないはずだったが、長塚には長く感じられた。敵潜が一本の魚雷しか発射しなかったのも幸いしたといえる。

「艦長、敵潜水艦への攻撃効果を確認します。航空機準備でき次第、発艦させます」

哨戒長が艦載ヘリに、VLA攻撃を受けた敵潜の状況を空から確認させようとしていることを、長塚はすぐに解した。

「了解。準備でき次第、発艦」

「航空機即時待機、準備でき次第、発艦せよ」

後甲板からSH-60J哨戒ヘリが発艦してから五分と経っていなかった。

「弾着点付近の海上に、大量の油と浮遊物を視認」

「艦長、哨戒ヘリが大量の油と浮遊物を視認しました。敵潜水艦は破壊されたものと思われます」

「了解」

水中の敵兵がアクティブ・ソーナーに倒れたか否かは、わからない。だが仮に難を逃れたとしても、この大海で母艦を失くし、行き場をなくした敵兵の末路は長塚にも容易に想像できた。

宮古島の沿岸で脱ぎ捨てられた迷彩服が、多良間島の沿岸で半分ウェットスーツ姿のアジア人の男が、それぞれの島民に発見されたのは、それから二週間後のことだった。しかし、その報せが長塚艦長の耳に入ることはなかった。

敵中国のミサイル攻撃以降すでに有事状況にあ

ることは、長塚はじめ「すずつき」のクルーたちも理解してはいたが、直接敵潜を沈めた以上、当然自艦への敵の反撃に備える必要があった。

「あたご」が巡視船を守ろうとして、中国艦「杭州」を攻撃した仕返しといわんばかりの弾道ミサイル攻撃だったが、今度もまた同じ攻撃をしかけてくるのか、あるいは敵機や敵艦で対抗してくるのか、長塚にもわからなかった。ただ気を引き締めて、これを迎え撃つだけである。

ただし、多くの敵ミサイルを減殺した「こんごう」は石垣島の沖を離れ、那覇へと向かうことになった。おそらくは給弾である。やはり全弾を撃ちつくしたのだ。

各艦のミサイル保有数は極秘中の極秘である。クルーも、部外者はもちろんのこと同じ海自隊員であっても、他艦の者にその数や種類などについて漏らすことは厳禁とされている。

昭和の時代には、ミサイル護衛艦が搭載するSM‐2の前のSM‐1の一発分が、都市部の中古マンションの金額に相当するとも噂された。平成、令和のSM‐2もそれと変わらないとすれば、一艦に搭載できるミサイルの数は、この国の防衛費を考えればおのずとかぎられてくる。

「すずつき」にしても、VLAや短SAMがVLS（垂直発射装置）三二セルのすべてに収められているわけではなかった。

「これで実戦で使えますか！」

そうした部内からの批判、疑問は昭和の頃からずっとある。

数の不足は精度で補えとか、個艦の武装はかぎられていても僚艦とともにあれば数の対処も可能とかといった、旧軍の精神論にも似た詭弁(きべん)でこれまでやってきたツケが、ここにきて命がけで払わなければならなくなっているのだ。

　武器を十分に使えなければ、護衛艦といえどもただの船にすぎない。まったく馬鹿げていると思うが、将官でもない長塚には、どうすることもできなかった。

　いや、たとえ海将になって省へ不満をぶつけたところで、政治的な判断が変わらなければ同じことであろうと思う。

　それ以前に、制服が文官へもろにそうした怒りをぶちまけたりすれば、たちまち閑職へと追いやられることになる。この国では、道端で国会議員へ気軽に私見を述べただけでも、それが自衛官と知るや否や「あの制服幹部が」と吊るしあげられるのだ。

　制服として定年までの三十数年間をつつがなく送るには、余計なことには首を突っこまず、その時々に自分に課せられた職務、任務に清々粛々と取り組み、法律違反や服務事故に至ることなく勤めあげるしかない。長塚はそう思っていた。

　ただ自身がそう努めても、今回のような争い事が起これば、そうした積み重ねがたちまち無に帰すこともありうる。

　とりわけ上に立つ者には、おのが身の処し方だけでなく、部下の扱いや行動にも責任が求められる。それが自他の生死に関わることであれば、なおさらだ。

　いったいこんな状態が、いつまで続くのか。長塚艦長には、まるで見当もつかなかった。それでも当面の任務を完遂し、部下を無事に家族のもとへ帰してやれるようにと強く願った。

「対空目標を探知、二九〇（ふたひゃくきゅうじゅう）度、距離一〇〇キロメートル。目標は一機、目標は航空機、ＩＦＦ応答なし、本艦へと高速で向かってくる」

「艦長、対空戦闘用意始めます」

哨戒長のリコメンドに長塚艦長は、軽くうなずいてから「はい、おこなえ」と返した。

「目標は本艦への攻撃を企図しているものと思われる。対空戦闘用意」

カーン、カーン、カーンと戦闘配置につけのアラームが鳴る。

「新たな対空目標を探知、二九〇度、敵機の発射したミサイルと思われる」

「了解。このミサイルを迎撃する」

哨戒長がすばやくそう告げたものの、電測員が突然あわてたように訂正してきた。

「さきほどの航空機は米軍機、データリンクより米軍機の指示」

長塚艦長は「なんだ！」と、一瞬思ったものの口には出さず、哨戒長の弁を待った。

「目標の航空機について再度確認せよ」

「目標、航空機一機は米軍機にまちがいなし」

「了解。ＣＩＣ指示の目標、このミサイルに対し攻撃始め」

――米軍機なら誤射ということか？　だが、なぜＩＦＦに応答しない。どういうことだ。

艦長は、いくぶん戸惑いながらも、脅威となるミサイルの迎撃を待った。

「目標のミサイルはシースパローの射程内、シースパロー、シングル発射始め」

「撃てーっ」

ＶＬＳから発展型シースパローミサイルＥＳＳＭが発射される。

数秒と経ずに電測員が発した。

「ミサイル一機を撃墜」

しかし、米軍機と思われる対空目標は、依然として「すずつき」へ向けたコースをとったまま高速でやってくる。

迎撃するならいましかないが、先に米軍機の側が誤射したからといって、これを撃ち落としてもよいものかと、長塚艦長は即断を躊躇した。

哨戒長も艦長同様、訓練では想定したこともない初めての経験にどうにもリコメンドできず、自分の指示を待っているように艦長には思えた。

実際、哨戒長が告げてくる。

「艦長、この目標に対する指示を願います」

――撃つか。いや、そういうわけには……

艦長のその苦渋の決断を遮るかのように、電測員が突然報せてきた。

「目標、消滅、米軍機、ロスト（消滅）」

――なにっ！　消滅？　墜落した？　故障ということか？　まさかミグ25事件のように米軍機の反乱、逃走ということじゃあるまい。いったい、なにが起きているんだ。

これまでかなりの経験を積んできた長塚にも、これがどういうことなのか見当もつかなかった。

数分後　宮古島の北東一〇〇キロメートル上空

厚木をベースとする第七航空隊は、海自航空集団直轄部隊の一隊だが、同様の他の航空隊とは異なり、保有する機種は哨戒ヘリ、哨戒機ではなく戦闘機、それもマルチロール（多用途）機だった。

F‐35Bである。計一一機のうち常時八機が艦で運用され、三機は予備機、代替機として基地で管理、運用されている。

艦載用の八機は「いずも」「かが」で、それぞれ四機ずつ運用されている。その母艦「かが」を失った四機は、本土に戻ることなく那覇基地での預かりとなり、空自戦闘機とともに事実上、有事状況にある南西方面の防空任務につくことになった。

もともと海自の航空集団は自衛艦隊隷下の組織である。航空集団司令官は、おもに部隊の管理、訓練等を実施し、有事の際にはこれらの部隊の作戦、運用を自衛艦隊司令官や各地方総監へと託す。

この四機についても、当初「かが」との運用が想定されていたにもかかわらず、肝心のその艦を失うことになり、基地での飛行隊のみの運用が急遽、決められたのだった。

これを可能にしたのは、海自の列線整備の質の高さであった。

海自の航空機は、風雨や潮にさらされる海上で酷使される。なかでも塩害は最大の敵となる。

そのため海自の航空機はヘリであれ固定翼機であれ、ある意味、陸自、空自のそれよりも綿密に整備がおこなわれる。艦や基地に戻ってきた航空機は必ず真水で一度洗浄され、その後、機体、エンジンともに入念な整備がなされる。

整備隊と部品、治具等を移送すれば、自分たちの基地でなくとも日常の列線整備は可能となる。より専門的なショップ整備にしても、那覇にはすでに海自のＰ‐３Ｃ哨戒機の基地もあることから、そう大きな問題はなかったのだ。

航空機搭載艦の整備員とは違って、第七航空隊第七〇一飛行隊Ｆ‐35Ｂのパイロットたちは「かが」のクルーではなかったが、艦の撃沈を知ってみなその憤りを隠せなかった。

飛行隊長兼FL、フライトリーダー（編隊長）の榊三佐はSH‐60J、P‐3Cの機長を経て、二年前に米留（米国留学）して新設のF‐35B飛行隊の準備要員に選抜され、そのまま他の三名同様、隊に残った。

飛行総時間は四〇〇〇時間を超え、F‐35Bだけでもすでに二〇〇時間に達している。

四〇歳を過ぎて、第一線のパイロットでいられるのは長くてもあと四、五年のことであろうと思うが、それでも榊三佐は、自分たちが立ち上げたこの海自初の戦闘機隊を完璧なものにしなければとの思いを有していた。

それだけに「かが」のミサイル被弾前の内部テロのあと、岡崎艦長が機転を利かせて自分たちを那覇に移すことがなかったら、この四機からなる飛行隊もいま頃は艦とともに海の底にあったに違いないと、いまだ行方の知れない艦長には感謝の念しかなかった。どうか無事であってほしいと。

「レッツゴー、ブレイク」

五分前に那覇を飛び立った四機は、榊の合図で二機ずつのエレメントに分かれた。榊のレッツゴーは、空自の第四航空団飛行群第一一飛行隊、すなわち「ブルーインパルス」で特別研修を受けた際に授かったものだ。

アクロバット飛行で一般にもよく知られるブルーインパルスで、「課目」と称する各フォーメーションに移行する際に隊長機がそう発するのを知った榊は、自分の隊でも取り入れることにした。

榊がブルーインパルスで研修を受けたのは、ACM（空中戦）の基礎をなす各種の空中機動を体得するためだった。

一般には、たんなるアクロバット飛行に見えるブルーインパルスのそれは、そのほとんどがACMで不可欠な動きを含んでおり、練度の高いパイロットでなければチームの一員にはなれない。

これとは別に、空自にはアグレッサー（仮設敵）部隊の飛行教導群が存在する。ここには、教官として空自でもトップクラスのパイロット「トップガン」が集うが、使用機種は一世代前のF‐15Jであった。

この飛行教導群では徹底した対抗演習により、より実戦的なACMの戦技教育がおこなわれる。第七航空隊でこれを経験した者は、これまでのところ榊一人だけだった。

敵機役となる独特の迷彩を施されたF‐15Jを自分の手足のように操る三佐、二佐クラスの熟練のパイロットに、最新のF‐35Bを駆るはずの榊は最初のうち、まったく手も足も出なかった。

あっさりと「キル（撃墜）」されてしまう。米軍で教わったことはなんだったのかと思われるほど、飛行教導群のトップガンたちは、それこそはるか雲の上の達人、傑人の域にあった。

これがもし有事で敵機のパイロットであったならと、背筋に悪寒が走る思いだった。しかし教育が進むなかで、榊は一つだけ自機の特性を生かした対抗手段を見つけることができた。

BVR（Beyond visual range）、視界外射程による戦いである。

F‐35Bは二発のAIM‐120Dを搭載できる。このミサイルの射程は、ゆうに一〇〇キロメートルを超え、それまでのA、C型に比し、命中率やECM対策は格段に向上している。しかもオフボアサイト（照準外）攻撃を可能とする。

自機の機首を敵機に向けなくても、ミサイルを発射して命中させることができるのだ。

敵機の側は一〇〇キロメートル先のこちらをレーダーで捕捉しても、攻撃可能なミサイルを持たない。いや、そもそも敵機のレーダーではステルス性の高いこちらを捕捉できないのだ。

距離を開いて戦えば、仮にACMでは互角かそれ以上の敵機にも、ワンサイドゲームのごとくキルできることを、榊はそこで学んだのだった。

フライトリーダーの榊三佐は、いままさにそれを実戦において証明しようとしていた。

コールサイン・ブシドウの第七航空隊、その隷下の第七〇一飛行隊は、那覇に移動して以来、いつでも飛び立てるよう待機していた。

同じ那覇のF‐15Jを擁する空自飛行隊にではなく、海自の榊三佐ら七〇一飛行隊に出動の、いや出撃の命令が下ったのには、はっきりとした理由があった。沖縄本島へと近接する不可解なステルス機への対処である。

宮古島沖で警戒中の護衛艦「すずつき」は、データリンクによって米軍機と表示された目標から対艦ミサイルによる攻撃を受けたとの報せを艦隊司令部へあげてきた。

当初「すずつき」のレーダーに捕捉されながら、IFF（敵味方識別）には応答せず、リンクではいったん米軍機と表示されたものの「すずつき」に向けて対艦ミサイルを発射して以降は、その姿を消した。

直後、沖縄の第五六警戒群（糸満）のレーダーが十数秒ほど一機の対空目標らしき信号を捉えたが、すぐにロストした。同じ沖縄の久米島にある第五四警戒隊のレーダーでも目標の捕捉には至らなかった。

東京の中央指揮所でその一部始終を把握していた統合幕僚監部は、米軍から該当機なしとの連絡を受け、この謎の目標を米軍機に偽装した敵ステルス機の可能性ありと即断し、ただちに七〇一飛行隊に目標の確認と迎撃を命じたのである。

その間、わずか五分たらずのことであったが、ブシドウが発進してすでに三分が経っていた。「すずつき」が攻撃を受けてからまだ一〇分ほどであるとしても、敵機と考えられるその目標が攻撃後、仮にマッハ1・5以上の速度で那覇に向けてまっすぐ飛行しているとすれば、すでに本島上空に到達していてもおかしくない。

上空の気流の影響を受けたとしても一五分から遅くとも二〇分以内には達しているはずである。

ただ「すずつき」が最後に目標を捉えた位置から推定すると、敵機は、おそらくまっすぐではなく、いったん北へ向かってから東へ変針したのではないかと考えられた。第五六警戒隊が捕捉したのも変針後のことであろうと。

――あの国にそこまでの電子戦能力が、本当にあるのか。

榊には解せなかったが、中国が将来的に日米のデータリンクを欺瞞、妨害するECM能力を獲得する可能性があるということは、数年前から専門家の間では指摘されていた。

もっとも現場の人間にとっては、それが我に利するものであれ、敵に利するものであれ、実際にそうした状況に遭遇してみなければ事実足り得ない。それまでは誰がなんと言おうと、たんなる机上の空論、想像でしかないのだ。

しかし、「かが」も「すずつき」も同じ経験をしているということは、もはや敵にそういう力があると考えざるを得ない。

――だとすれば、敵機というのは……。

敵機飛来の予想針路へ向かったブシドウは、一分としないうちにその目標を捉えた。

「タリホー、ターゲット、センサー、インサイト」（敵機確認、敵機をセンサーで捕捉）

榊は味方機にそう告げて発した。

「ライトブレイク」（右に変針）

さらに、すぐ発した。

「ターゲット、メイビー、Ｊ‐20、ビジュアル、フォックス・ツー！」（敵機はＪ‐20と思われる。照準、ミサイル発射！）

ＡＩＭ‐９Ｘ短距離空対空ミサイルを発射した。

「ターゲット、デストロイ」（敵機撃墜）

ＡＣＭもなにもない。わずか七、八秒のことだった。


会敵時の彼我の距離は六キロメートルほどで、ＡＣＭの間合いではあったが、従来の機と異なりＦ‐35Ｂにはその必要はなかった。

敵機のＪ‐20（殲20）は中国空軍の最新鋭のステルス機で、それが世に明らかになった当時は、米空軍の第五世代ステルス機Ｆ‐22ラプターと互角との評もあった。

中国の党お抱えの新聞などは、それ以上と喧伝し、新世紀中国空軍の意気高しといったふうであったが、二〇一八年にロシアで開発されたインドのＳｕ‐30ＭＫＩ（スホイ30）のレーダーに捕捉されている。

これには、訓練中だったかもしくはステルス性能を把握されないために、あえてレーダーリフレクター（反射板）をつけていたのではないかとの観測も流れた。

この機が機首方向以外からレーダー波を受けた場合には、著しくその性能が低下する可能性があることは、早くから指摘されていた。

一方、F-35Bの目玉はコンバット・センサー(戦闘センサー)ともいうべき先進的なアビオニクス(航空電子機器)である。自分と同じステルス機も捕捉できるセンシング能力を有する。

なかでもEO-DAS(電子光学分解開口システム)は、自機のほぼ全周囲の目標をパイロットがHMD(ヘッドマウントディスプレイ装置)を通じて電子的に、あるいは光学的に視認できるだけでなく、赤外線映像の表示も可能とする。

これにはエンジン開口部に熱低減策が採用されている機であっても効果はない。センサーの探知距離内に入った目標は、夜間であってもその姿を暴露することになる。

榊三佐はそれを最大限に生かし、敵より先に捉え、すかさずミサイルを発射して撃墜したのだ。

遠距離でのBVRだけでなく、敵よりも早くに敵を探知することができれば、近距離でもACMに移行することなくF-35Bが優位に戦えることを、榊は示したのである。

上がACM能力に長けた空自のF-15Jではなく、あえてF-35Bに出撃を命じたのも、まさにそうしたことを期待したからだった。

これがステルス機対ステルス機の世界初の戦いとなったが、のちに一対四という数字を指摘した自称専門家、評論家たちの言葉にはなんの説得力もなかった。ブシドウは四機編隊で一機のJ-20へと向かったものの、実際には榊のフライトリーダー機が単機で撃墜したのだ。

たしかに、敵機が四機中のどの機がもっとも脅威度が高いか判断していたことで、ミサイル発射がわずかに遅れた可能性もないとはいえない。だが、ブシドウの側にしても榊のみがミサイルを発射したにすぎず、四機が一斉に敵機を襲ったわけではなかった。

それどころかエレメントの一組は、榊が捉えた敵機以外の敵機がほかにもいないか索敵に専念していたのである。

戦闘機にすら乗ったことのない評論家がなにを言おうと自由だが、榊はこの時、F‐35Bが信頼に足る戦闘機であると確信するに至った。

しかし、その榊にもデータリンクの欺瞞同様、敵機がなぜ単機で、それも米軍機に偽装して侵攻してきたのか、答えを出すことはできなかったのである。

同日夜　中国国務院

中華人民共和国の最高行政機関「国務院」は日本の内閣に相当するが、その実態は中央人民政府の国家権力機関である。一九五四年九月にそれまでの政務院から改組され、周恩来が初代の国務院総理となった。

周は若い頃に海外に渡航し、一九一七年には日本の明治大学でも学んだが、二〇年後の日中戦争では共産党のトップとして反目する国民党の蒋介石と再び国共合作に至り、抗日民族統一戦線を形成した。

周は知日派ではあっても、必ずしも反日派とはいいがたい。戦後は、日本国民も中国人民と同じく軍国主義者の犠牲者であるとして賠償を求めず、多くの日本人戦犯についても減刑へと導いている。

一九七二年九月に、田中角栄首相当時の日本と日中共同声明、すなわち戦後の日中国交正常化をなし遂げた人物として、今日の日本にもなお知る者が少なくない。さらに翌年には、中米国交正常化も実現させている。

それればかりではない。周は、それまで中華民国すなわち台湾が有していた国連安保理常任理事国の地位を「アルバニア会議」によって取り戻し、国連に、つまりは世界に中国の権利回復を認めさせたのだ。

周のこうしたいわゆる全方位外交は、彼の人望に帰するところが大きかったが、一方で彼は毛沢東のいわば下僕として、文化大革命という粛清の嵐の中心にあって、みずからは失脚することなく、しかも自分の養女を獄中死させるような非情さもあわせ持っていた。

一九七六年に没するまで毛沢東を終始支えてきた周恩来こそ、その後の中国の土台を築いた傑人といっても過言ではない。

そしてそれは、まさに中国共産党の支配する国においては、権力闘争を勝ち抜き、中央の党幹部であれ巷の人民であれ、刃向かう者は力づくで黙らせるようなことも許されることを意味していた。

二〇一八年三月、この周恩来の生誕一二〇年記念行事に際し、時の国家主席習近平は「近代以降、苦しみの中にあった中国は、いま大きく力強く飛躍する時を迎えたと周同志に報告する」とのメッセージを残した。

中国の国家主席は、国務院総理と同じく一九五四年九月に制定された。毛沢東がその初代を務めたが、一九七五年に一度廃止されている。

その後、一九八二年に名誉職としての国家主席が復活したが、一九八九年の反体制デモの天安門事件を機に、再び強権を発動することのできる国家主席が蘇ったのだ。

国家主席は、独裁とはいえないまでも、行政の長である国務院総理の任命権限さえも有する地位にある。全国人民代表大会で選出されるとはいえ、二〇一八年には任期一〇年の期限も撤廃された。

かつては人民解放軍、武装警察等の統帥権、最高軍事機関の国防委員会の主席、国の重要な意思決定をおこなう最高国務会議の議長も兼務していた。

すでにそうした権限は弱まっているとはいえ、共産党一党独裁の国の、その党首であり総書記でもある国家主席が、強力な政治権力を有することに変わりはない。

二〇一三年まで国家主席を務めていた胡錦涛は、中・米・日・露・韓・朝による北朝鮮核問題を協議する六か国協議（六者会合）を北京で主導したほか、中国国内の反日的愛国教育や反日報道を抑制し、時の安倍首相と戦略的互恵関係を結んでいる。

だが、次に国家主席となった習近平は民族主義を掲げ、反体制的報道を徹底して封じるべくインターネットや海外報道の規制を推し進めたほか、「強国」「強軍」を訴え、軍事力強化に突き進んだのである。

彼が唱えた「一帯一路」も、グローバル経済の裏に覇権の二文字が潜んでいることは明らかだった。急成長というより膨張と呼ぶにふさわしい、中国経済の異常ともいえる拡大は、過去の歴史のごとく大戦を引き起こしかねない不穏な空気を生みつつあった。

　事実、日中間の火種はこの時から生じている。

　ところが、延々と続くと思われた習体制は、突然のごとくその火を消すことになった。

　日米ほか世界に向けては毛沢東のごとく病によると発信されたが、権力闘争の果てという疑いは払拭されなかった。

　反習体制の蠢動（しゅんどう）である。

　決定的だったのは、やはり二〇一八年三月に任期撤廃の法案が通ったことであった。

　この法案が可決されたことで、習はみずからその職を辞すか、なんらかの突発的な事態が起きないかぎり、寿命に至るまで主席の地位にあり続けることになる。これに怨みや妬みを有さない党幹部が、いないはずはなかった。

　こうして中華人民共和国の最高権力を手中にした朱国家主席は側近をすべて外して、子飼いである宋国務院総理との密談の場を設けた。秘案の確認のためである。

「朱同志、今回のことをもって、やはり美国（アメリカ）は自分たちが直接の被害を受けないかぎり、小日本（シャオリーベン）の島などどうでもよいと考えていることがはっきりしました。すでに台湾併合の機を得たと考えます」

　宋は北京大学を出て、化学工場のエンジニア経験を有するいわばテクノクラート出身で、かつて国の電子工業部の部長職にあった。

　細縁の眼鏡をかけ、いかにもインテリといった風貌だが、見かけによらず人懐っこい性格だ。それが功を奏して、習近平なみの親分肌を有する朱の目にとまった。

　一方、朱の性格は対照的だ。声さえ荒らげないものの、大胆不敵なさまとその行動力から「河北（かほく）

の狻麑（さいげん）」の異名を持つ。

狻麑とは漢書の「西域伝」に登場する架空の生物で、虎や豹も食らうといわれる、要するに獅子のことだ。

習体制打破以前から、朱は台湾の併合こそ力をつけた現在の中華人民共和国が、まずなすべきことであるとの信念を有していた。

ただし、それには台湾独立を支える美国との一戦は避けられない。このやっかいな相手と戦わずして台湾を手中にする方法を、朱は長らく思案していた。

「宋総理、そう事を急いてはいかん。フランスには『バロン・デッセ』という言葉があるが、知っているかね」

「フランス語は大学でやっただけですから、詳しくはありませんが、バロン・デッセ……観測、気球ということでしょうか」

「そうだ。フランスの政治家は好んでこの言葉を使う。つまり観測気球をあげて、相手の出方、様子をうかがえということだ」

朱はニヤリとしながら宋に告げた。そして、めったに吸わない葉巻の口を切り、使い古された感のあるジッポーで火をつけた。

「これは私がまだ二〇代の頃、美国の友からもらったものでね。あの国は我が国や世界の国々からはハイテクの国と思われているが、歴史が浅いわりには、いや、国の歴史が浅いからか、自国の古いものを大事にするようなところがある。

このライターだってそうだし、オートバイだってそうだ。自動車なんかもクラシックカーとやらを修理しながら、大事に乗っている美国人がけっこういる。

要するに、そういう国を相手にしないといけないということだ。簡単な数学の計算のようにはいかない」

「なるほど、同じハイテクの国でも、器用さしかない小日本との違いですね」

「そのとおりだ。自国の古いものを大事にする民というのは、自国を愛する民だ。そういう国の民は自国に売られたケンカを買わずにはいられない。戦えば、やっかいな相手となる」

「小日本は戦後、その美国に骨抜きにされたというわけですか」

「骨抜き　それは違うね。日本の民は骨どころか、日本人の魂を抜かれたのだよ。あの戦争以来ね。奴らはいま頃、我が軍ミサイルの第二波、第三波の攻撃を恐れてビクついてるんじゃないかな」

朱国家主席の笑み、そしてくゆらす葉巻の煙が宋の鼻をくすぐり、国家主席へと報告すべき内容を記したメモがあることを思い出させた。

「軍からの報告によれば、日本側はレーダー基地一箇所損壊、空母一隻撃沈。これに対して我が方は駆逐艦一隻大破、潜水艦一隻撃沈、戦闘機一機撃墜、そのほか陸兵三名が死亡および行方不明となっております」

「圧勝だな」

「…………」

「そうだろう、総理。こっちは潜水艦や駆逐艦の一隻や二隻、いや一〇隻、二〇隻を失っても、なんの痛手もない。せいぜい党から遺族への慰めが必要となるくらいだ。軍からの補償にしても知れている。

だが、向こうはどうだ。空母一隻を失って大騒ぎしているらしいじゃないか。愛国心に欠けた民の国なんてそんなものだ。

笑うじゃないか。外交部からは、我が国への批判よりも自国政府をさかんに批判している連中がいると言ってきてるよ。

もうあの国は国の存亡をかけて、勝てないことを承知のうえで美国と戦ったむかしの陽の昇る帝国とは違う。自分たちの領土よりも、自分の命が大事な民しかいない国なのだからね。

こちらが、本気で軍を動かす必要もない。息長く今度のようなショートレンジの戦いをたびたびおこなえば、そのうち向こうから音をあげてくる」

「美国を刺激することなく、ですね、朱同志」

「そうだ、宋同志。そのうち時期を見計らって日本の宮古、石垣の二島に手を出さないことを条件に、連中の言う尖閣諸島を手放すように仕向ければいい」

だが朱の真の目論見は、尖閣の領有そのものよりも、台湾侵攻に際して日米両軍をその海域で圧迫することにあった。

侵攻をなし遂げるまでの間、封じ込めることができればそれでよかったのである。

どのみち、台湾さえ占領して併合することができれば、宮古、石垣に展開する日本軍の小部隊など問題にはならない。

そうなれば、列島線の太平洋海域まで一気に進出することは無理でも、少なくとも西太平洋と南シナ海全域は手中にできる。万一、併合後の台湾が再び独立に向いたとしても、美国も日本もそれを支援することはできないというわけである。

やがて日本側が「日中三日戦争」と名付けるこ

とになる今回の戦いは、いわば朱戦略の最初の一手であった。

第5章　その後の日本

　自衛隊内部や専門家筋では早くから想定されていたとはいえ、中国の対艦対地弾道ミサイルによる護衛艦「かが」の撃沈は、関係者のみならず、日本人全体を驚愕させるにあまりある事態だった。

「結局、何百億円もする対空ミサイルは役に立たなかったのか！」

「どうして的にされるような、そんな大きな艦を何千億円という巨費を投じて作る必要があったのか！　本当に必要な艦だったのか！」

「島一つ守れないというのに、こんなことで日本本土が守れるのか！」

「政府は民間人への補償をどうするつもりか！」

　政府と自衛隊を糾弾する声があがるなか、不幸中の幸いというべきは、艦長判断により多くの乗組員が救助されたことだった。

　それでも死傷者が出たことで、マスコミや野党議員らの批判は政府のみならず自衛隊高級幹部にも及んだ。

　また日が経つにつれ、「かが」乗組員による内部テロの事実が浮上してくると、マスコミは一斉に自衛隊の危機管理の甘さを指摘するだけでなく、今後の改善策や処分などについて自衛隊、防衛省、政府に向けて執拗に問いかけてきた。

　ところが奇妙なことに、そうしたマスコミは中国に対しては厳しく糾弾することなく、むしろトーンを落とした批判に終始するだけであった。

例えば、事の発端が尖閣沖で日中双方の艦船が睨みあうなか、中国艦の威嚇射撃に対し、海自の護衛艦が事前の警告もなしにミサイルを発射して被弾させたことにあるということばかりが報じられ、それ以上の詳細は明かされなかった。

そして、中国艦による機関銃等による威嚇射撃ではなく、威力の大きな艦砲の砲撃があったということが世間に知らされたのは、事態発生から一週間も経ってからだった。

さらに一部の新聞やテレビ局には、中国側が宮古島に向けて発射した十数発のミサイルは、イージス艦による迎撃によって二発に減じられたにもかかわらず、あたかも中国側が自制的な反撃を試みたかのような報じ方をするところもあった。

ふだんなら、こうしたマスコミの不正確さ、でたらめをチェックする役を担う面を持つインターネットも、情報不足のため真実に肉薄することはできなかった。

現場にいた自衛官のほとんどは守秘義務を有する。そのため自分が現場で見聞したことを、マスコミにはもちろん、家族や友人にさえ告げることはできなかったのである。

実際、二〇一〇年九月の尖閣諸島中国漁船衝突事件では、一一月に海上保安官の一人が国家公務員の守秘義務違反で海上保安庁から警視庁と東京地方検察庁へ告発されることになった。

取り締まりにあたる海上保安庁の船に、停船命令を無視した中国漁船が体当たりするという暴挙に際して、証拠を得るためその一部始終を録画した画像データをユーチューブにアップロードしたのだ。

当時、親中のはずの民主党政権は事件後の対応のまずさから中国との関係を悪化させていた。そのため、中国政府の代理と水面下で密約を交わして画像データを公開しないことを決定しており、当時野党であった自民党の国会での強い求めにも断固として応じなかった。

それどころか、あろうことかいったん逮捕した中国船の船長を、中国側の返還要求に応じて帰してしまったのだ。

これに対して国民の多くが、政府の対応に憤怒を禁じ得なかったが、当該保安官は政府の態度に業を煮やしてというよりは、中国漁船の悪質性を知らしめるべく国民に公開すべきとの私見から投稿した。

——国益や国の主張に関係なく、国際法に照らし合わせても違法な行為は断じて許されるべきではない。また船長の行為はおよそ免罪に値しない。

彼の行動は法治国家にあるべき公務員の姿として大いに国民の賛同を得たものの、結局はその職を辞さなければならなくなった。だがそれもまた、法治国家に生きる者のあるべき姿だった。

この先例を見て「かが」の乗組員をはじめ、今回の戦いに身を置いた自衛官は、悔しさを隠すようにして誰も公言には至らなかったのである。

海上保安官と自衛官との教育の違いがあるとはいえ、自衛官の秘密漏洩は部内においては恥辱にも等しいものがあり、人間性を疑われることにもなりかねない。チクリと称するそうした行為は、自衛官としての適性なしとみなされる。

ましてや負傷者、殉職者も出ている中で、遺族や家族のことを思えば、誰も軽々とした発言はできなかった。ただ内部調査や警察の事情聴取に従うだけである。

問題は、マスコミによる情報操作や的外れな批判といったことばかりではない。日米同盟のあり方のほか、自衛隊自体の現有装備や部隊の有用性という点についても検討の要ありという現実を生んだことだ。

各方面からの自衛隊に対する一九七六年のミグ25事件同様の失策との指摘である。

この年の九月、日本の防空網を突破して旧ソ連の当時の最新鋭機が函館に強行着陸する。東西冷戦のまっただ中で、当時の空自は日本全国にレーダー基地を置き、さらにはナイキJとF‐4EJ、陸自はホークという具合に、自衛隊は低空から高空までソ連機による侵入阻止に絶対的な自信を有していた。

ナイキJの射程は一二〇キロメートルにも及び、到達可能な最高高度は三万メートルから四万メートルである。高度一万メートル超を飛ぶソ連の爆撃機を、日本の都市上空へと達する以前に迎撃できた。

また主力戦闘機F‐4EJは、当時最先端のルックダウン能力（レーダーで自機の下方の目標を捕捉する）を備え、レーダー網をかいくぐるために、一時的に低空飛行で日本に迫るようなソ連機にも対処できるはずだった。

さらに万一、こうした空自の防空網を突破できたとしても、最後に陸自の対空誘導弾（ミサイル）ホークや、当時の最先端であったレーダーで目標を捕捉して照準ができる三五ミリ二連装高射機関砲L‐90で迎え撃つという鉄壁の防御を整えていたはずだったのである。

むろん、さまざまな事態を想定して空自、陸自ともに訓練を重ねていた。

ところが、いざ「実戦」に遭遇してみると、空自陸自とも結果的にすべてが役に立たなかったというお粗末さを露呈することになった。

ただ今度の戦いと違ったのは、この時、日本に侵入してきたミグ機は、パイロットがアメリカ亡命を目的としたものであり、日本攻撃の意図はなかったことだ。

ただし、もし日本の都市への核攻撃を目的としていたなら、その後の事態がどうなるかは想像がつかないとしても、広島、長崎に次ぐ被爆都市が生じていたであろうことは疑いようがない。

「どういうわけか簡単に侵入されてしまいました、すみません」ですむようなことではなかったのである。

中国の対艦弾道ミサイル「東風」DF‐21の情報も、アメリカは早くからつかんでおり、それは日本にも伝えられていた。

二〇一九年七月には南シナ海で発射実験もおこなわれている。

このミサイルは、通常は慣性誘導される弾道ミサイルであるにもかかわらず、対艦型のそれは飛翔の最終段階においてレーダー誘導を可能とし、この種の弾道ミサイルとしては驚異的な命中率を誇る。

日本はこれに対して完全に無策だった。

北朝鮮の弾道ミサイルを迎撃できるとして配備されたパトリオットPAC3やイージス艦のSM‐3といった迎撃ミサイルは、形状の大きな大陸間弾道ミサイルに対しては効果を発揮できる。しかし、それよりもサイズが小さく、しかも終末誘導可能な弾道ミサイルを迎撃することは難しかったのである。

アメリカにさえ、この中国のやっかいなミサイルを封じる有効なすべはない。自衛隊にできるのは、イージス艦の数と搭載可能な迎撃ミサイルの数を増やすことしかなかった。

イージス艦以外の護衛艦が装備する個艦防御用の迎撃ミサイルにしても、第一世代のそれとは比較にならないほど進化しているとはいえ、万能とは言いがたかった。

それに武器、装備の数を増やそうにも、日本の防衛費はすでに半世紀前から常態的に不足している。この状況を劇的に改善することなどとうてい不可能であった。

第一、予算の問題のみならず隊員自体の充足率が足りていないなか、護衛艦や戦闘機の数だけを増やしたところでどうにもならない。

そうした窮状から急浮上してきたのが、新世代の戦いにおいて本土決戦の可能性が低い陸の要員や装備を大幅に減らし、その分を海空にまわすという案だった。

常備の陸自を減勢する代わりに質の高い隊員を集め、そのスペシャリスト化と装備のシステム化、それと機動性を高めることで必要な戦力を維持するという考え方である。

有事の際に補充が必要となる場合を想定して、いま以上に予備自を充実させても大幅なコスト増にはならないという算段も立っていた。

隊内では、新世紀を象徴するサイバー部隊やスペースフォース（宇宙部隊）とは別に、陸海空の枠を外した防空専任の新隊創設の案もあがっていた。これまで陸海空で個別に対応していた防空任務を、一手に担うのである。

空自のレーダー基地と高射特科、陸自の高射特科、海自のイージス艦、さらにはイージス・アショアといったものを、すべて新隊へと移管し、一元的に防空任務にあてるという奇抜な案だった。

これにより陸海空自は限局的な対空能力を備えればよくなり、防空任務における負担や装備、人員等が大きく軽減されることになる。

むろん新隊で捕捉した対空目標やデータはリアルタイムで陸海空自に送られる。空自もこれまでと変わりなく、戦闘機によるスクランブル発進ができる。

新隊の高射特科部隊は定置や独自の展開のほかに、陸海空自の意向によっても逐次展開できるように整備され、各自衛隊間のセクショナリズムの問題もない。

たしかに奇抜ではあるが、中国軍にしても通常の三軍のほか、すでにミサイル攻撃のみを専任とする「ロケット軍」が置かれている以上、これに抗する専任の隊を日本に置いても、なんらおかしくないといえる。

ただしそうなった場合、これまでの組織や運用を大きく変える必要が出てくるのが海上自衛隊であった。

いずれにしても新世紀の日本の自衛隊、日本の防衛は、従来から続く態様を大きく変えないかぎり、装備やシステムの更新だけでしのぐことは、もはや限界に達していたのである。

——イージス・アショアよりもイージス艦を増やせ！

「こんごう」がＤＦ‐21を撃ち漏らしたことで、イージス艦を張りぼてのごとく当初は批判していたいわゆる知ったかぶりの論陣も、やがて「ＤＦ

-21ミサイルに対して八割の命中率は奇跡」というアメリカからの評が出始めると、世論は次第に「こんごう」評価、イージス艦重視へと傾くことになった。

「こんごう」が敵ミサイル全機を迎撃できなかった理由は、実際にはシステムや精度の問題というよりは、搭載した迎撃ミサイルの数にあった。

防衛費は半世紀以上も前から、自衛隊各部隊にミサイルや弾のフル装備がかなうようにはなっていない。それどころか、平時には半分や三分の一にも満たないという状況なのだ。

歩兵、すなわち陸自普通科による小銃の実弾射撃訓練でも、一人あたりが使用することのできる弾数はかぎられている。米軍の陸兵や海兵隊の訓練のごとく撃ち放題というわけにはいかず、訓練でさえいわゆる精密射撃が基本とされる。

ましてや一発数百万円、数千万円もする誘導弾(ミサイル)など、専門要員であったとしても、在隊中に一度か二度の実弾を使った訓練ができるかどうかなのだ。平時に護衛艦に積まれている砲弾やミサイルの数がどの程度かは、推して知るべしである。

有事を想定して平時よりも弾数を増やしていた「こんごう」でさえ、そうであった。

防衛計画が単年度方式へと変わったポスト四次防(一九七六年)以降に構想された海自の「八八艦隊」は、戦術単位となる一個護衛隊群を艦隊防空のミサイル搭載護衛艦二隻、ヘリ搭載護衛艦一隻、汎用護衛艦五隻の計八隻によって編成することを目指すものだった。

ヘリ搭載艦に三機のヘリを載せ、汎用護衛艦に一機ずつヘリを搭載することで八機のヘリを運用できるというわけである。

この構想は、もとをたどれば一九六〇年代、七〇年代の東西冷戦期に、海自がソ連の潜水艦を抑止すべく対潜水艦戦術を獲得するための下地、条件にすぎなかった。

実際、それによっていまや世界トップクラス、いや世界一といっても過言ではない対潜能力を有する海自は、その任ばかりではなく、次にMD（ミサイル防衛）も負わされることになった。大陸間弾道弾のような弾道ミサイルの迎撃である。

当初、ミグ事件同様の穴と思われたイージス艦の評価は急伸し、それまでのイージス艦八隻体制を、その三倍近くにもなる二〇隻体制へと強化する案も、海自部内では出されるようになっていた。汎用護衛艦を減らしてイージス艦を増やすという計画である。

一個護衛隊群をイージス艦四隻、汎用護衛艦三隻、航空機搭載護衛艦一隻で編成するのだ。ただし、これだと仮に防空任務を専任とする新隊が発足した場合、艦隊の屋台骨をなすイージス艦はすべて海自からいなくなってしまう。そう、八八艦隊構想そのものが意味をなさなくなるのだ。

ただ、二〇世紀のむかしと異なり現在の護衛艦、哨戒ヘリをもってすれば、汎用護衛艦三隻、航空機搭載護衛艦一隻の四隻であっても、過去の八八艦隊に匹敵するか、それ以上の対潜能力を有することは、みな知っていた。

問題は、そうしたASW（対潜戦）の最中に新隊へと移ったイージス艦であっても、それまで同様、海自艦隊とうまくシンクロして艦隊防空の任が果たせるのかということだった。

結局、ミサイル防衛を専任とする新隊創設案は時期尚早との意見が、各所で噴出した。そして、中国のハイテク弾道ミサイルへの喫緊の対応としては、イージス艦の数、装備、給弾の強化という方向で日本は動くことになったのである。

さらにこれとは別に、アメリカとともに現有のパトリオットPAC3の射程を延伸化する案も再燃することになった。かつて他国との開発には法的に問題ありとされたMEADS、中距離拡大防空システムである。

その結果、日本が独自に開発したのが、一基四七〇億円の陸自〇三式中距離地対空誘導弾だった。宮古島、石垣島にも改良型の陸自〇三式中距離地対空誘導弾が新たに配備されることが決定した。

この中SAMとも呼ばれる射程五〇キロメート超の迎撃ミサイルは、低空を高速で飛翔する巡航ミサイルや空対地ミサイル、航空機に対して驚異的な命中率を誇る。すでに二基が宮古島にも設置されていたものの、従来のものには今度のような弾道ミサイルへの十分な対処能力は備わっていなかったのだ。

かつての対空誘導弾ホークに代わるものだが、その発展性はきわめて高い。改良型から派生した、やはり完全国産化の新型艦対空誘導弾も、まもなくその完成をみようとしていた。

それは、今回あまりにも防御力が貧弱なことが判明した航空機搭載護衛艦への装備が検討されていた。「かが」撃沈は、それほど海自ほか防衛当局者にとって衝撃的なものであった。

「日本人の一人として心から敬意を表します」
「いまの日本にもサムライがいたのですね」
「すばらしいご主人です」

「ご家族の安泰を祈念します」

「かが」の元乗組員たちの話が、少しずつ表に出るようになると、岡崎元艦長の自宅や夫人には、日本全国からこうした激励や感謝の辞が寄せられるようになった。

その一方で、政府は中国に即刻謝罪すべき、中国艦へ実弾を発射した「あたご」艦長を逮捕しろ、非武装中立、自衛隊解体、アメリカと袂(たもと)を分かち中国と手を結べといったことを叫ぶ輩もまた、この新世紀の日本にも存在したのだった。

RYU NOVELS

日中三日戦争

2019年10月23日　初版発行

著　者　中村ケイジ
発行人　佐藤有美
編集人　酒井千幸
発行所　株式会社　経済界
〒107-0052
東京都港区赤坂 1-9-13　三会堂ビル
出版局　出版編集部☎03(6441)3743
　　　　出版営業部☎03(6441)3744
振替　00130-8-160266

ISBN978-4-7667-3276-4

印刷・製本／日経印刷株式会社

Printed in Japan

RYU NOVELS

百花繚乱の凱歌 1 2	遙 士伸
天正大戦乱 異信長戦記 1 2	中岡潤一郎
技術要塞戦艦大和	林 譲治
帝国海軍よろず艦隊	羅門祐人
ガ島要塞１９４２ 1 2	吉田親司
天空の覇戦 1 2	和泉祐司
極東有事 日本占領 1 2	中村ケイジ
戦艦大和航空隊 1〜3	林 譲治
パシフィック・レクイエム 1〜3	遙 士伸
大東亜大戦記 1〜5	羅門祐人 中岡潤一郎
異史・新生日本軍 1〜3	羅門祐人
修羅の八八艦隊	吉田親司
日本有事「鉄の蜂作戦２０２０」	中村ケイジ
孤高の日章旗 1〜3	遙 士伸
異邦戦艦、鋼鉄の凱歌 1〜3	林 譲治
東京湾大血戦	吉田親司
日本有事「鎮西２０１９」作戦発動！	中村ケイジ
南沙諸島紛争勃発！	高貫布士
新生八八機動部隊 1〜3	林 譲治
大和型零号艦の進撃 1 2	吉田親司